Wia i no da Wiggerl vom Arnulfsplatz woa...

Lausbubengeschichten von Ludwig Fichtlscherer

Christine Kandlbinder, Uschy Schlichtinger,
Karin Holz, Fritz Rehbach (Hrsg.)

Illustriert von
Arpad Racz

EDITION REGENSBURG

EDITION REGENSBURG

1. Auflage 2013

erschienen im Spielberg Verlag, Regensburg
Illustrationen: Arpad Racz
Umschlagillustration: Arpad Racz
Umschlaggestaltung: Spielberg Verlag
Druck und Bindung: Inprint GmbH, Erlangen

Printed in Germany

ISBN: 978-3-95452-640-6

www.spielberg-verlag.de

Ein Versprechen.

Lieber Ludwig,

war es Zufall oder Schicksal, dass sich in Facebook auf der Regensburg - Seite Menschen verbunden haben, die sich noch nie gesehen und sich im realen Leben vermutlich auch nie begegnet wären.
Wir hätten die G'schichten vom Wiggerl vom Arnulfsplatz, die uns jeden Tag fröhlich, manchmal auch nachdenklich, aber auf jeden Fall glücklich machen und zum Lachen bringen, nie gehört. Mit diesem Biacherl wollen wir, dass der Wiggerl nicht nur im Herzen vom Ludwig, sondern im Herzen von allen, die ihn lieben, weiterlebt.

In herzlicher Verbundenheit
Uschy, Christine und Fritz

Erinnerungen schreiben.

von Ludwig Fichtlscherer

Es ist ein wunderschönes Erlebnis, seine eigenen Lebenserinnerungen zu schreiben. Ich hab's gemacht. Nicht um Geld zu machen. Einfach so für mich. Freunde durften das Ergebnis lesen. Wenn man ungeschminkt die Wahrheit schreibt kommt eine Geschichte raus, die rührend, grausam und sogar entsetzlich sein kann. Manche haben mir gesagt, daß sie auch ihre Erinnerungen schreiben möchten. Dazu einige Hilfsmittel. Berühmte Schriftsteller haben immer einen Zettel und einen Bleistift bei sich getragen, um Stichworte zu irgendwelchen Ereignissen zu notieren. Sie hatten die Schreibmittel sogar auf ihrem Nachtkästchen liegen. Erinnerungen tauchen zu allen möglichen Zeiten auf. Entweder durch ein Gespräch, durch einen Zeitungsartikel, durch eine TV Sendung und viele andere Möglichkeiten. Die Kunst, die Ereignisse zeitlich einzuordnen liegt darin, daß man lose Zettel mit Stichworten beschreibt. Man kann dann diese Stichworte in ein Schreibheft übertragen, wo man jede zweite Seite freiläßt für nachträgliche Einfügungen. Man glaubt nicht was aus unserem Inneren alles zu Tage kommt. Aus Stichworten werden unglaubliche Geschichten. Natürlich nicht nur Gute. Es ist eine Befreiung und oft auch eine Abrechnung. Probiert es einfach mal.

Ich wünsch Euch viel Spaß.

Wia i no da Wiggerl vom Arnulfsplatz woa...

In unsana Blosn woan iwawiegand Buama. Obwois genau sovui Madln in da Nachbaschaft gem hod. Genau gnumma san de Madln domois Obfa da Zeit gwen. Dauernd hams im Haushoit helfa miassn und san a billige Aweiderinnen gwen. De kloana Gschwisda san in Wiaglichkeit von de Madln afzogn woan. Do hods koa Widerred gebn. Mia hams oft leid doa, wenns uns zuaschaugn ham miassn. Owa es hod hoit hind und voan gfeijd. Wenn i bloß dro denk, das domois zum Beischbui ko Mensch a Woi kafd hot. Fia sowos woa koa Geld do. Und wos is dann gmachd woan? Da Oma ihr oids Nachdjaggerl und de Loferln vom Opa und wos sonsd no wos, san afdrennd woan. Des afdrenna hob sogoa i mid Begeisterung gmachd. Des Afwiggln weniger, weil de Woi ned gladd woa. Meisdn san Bullova, oda wia ma a gsagdhos, „Zwedda" gschdriggd woan. Des hod de wuidesdn Schdriggmusda gebn. Ma hod ja de afdrennde Woi bloß anananda bundn. Wea a bisl a Aug ghobd hod, dea hod gsehng, wos von da Oma ihram Beddjaggerl gwen is. Und wen de Glabberl owegladschd woan, dann is hoid a oida Reifn von am Radl in Schdiggl gschnien und drunda gnogld woan. Im übrign is af de Madln bsondas afbassd woan. Voa allem vo de Miadda. De wean scho aus eigena Erfahrung gwussd hom warum.

Wia i no da Wiggerl vom Arnulfsplatz woa...

Hod mei Mama oamol in da Wocha, an da Unterseidn vo unserm Ofa in da Küch a hoaß Wassa gschitt und an de 50 Kakerlakn verbriaht.

Da Arnulfsplatz woar de Welt füar unser Kinderbande und am Bismarkplatz ham mia im Somma badt. Under de Sträucher ham dAntn briat und auf dem Sockel von da Fontäne hots Salamander gebn. Damols woarn de Strassn no pflastert. Und wenn a Lastwong übern Platz gefoahrn is, ham bei uns im 3. Stock de Tassn im Küchnschrank klappert. Überhaupt ham nur an de 20 Autos den Platz überquert.

Ab und zu is da Hietsche vorbeikumma. Er woar irgendwie anders. A bisserl deppert hoid. Füar a Fünferl hot er oaner Maus an Kopf obissn. Oamol is er in de Wäscherei in da Neuhauser Strasse ganga, hot Diar afgrissn, oan laut fohrn lassn und gschrian: „Waschn, stärkn und bügeln, morgen hol in wieda ob."
Af oamal war a verschwundn. De braune Pest hot n dahingerafft, mein Freind Hietsche.

Wia i no da Wiggerl vom Arnulfsplatz woa...

Hods no Gaslaternen gebn. Voam Velodrom war a oane. Manchmoi is automatisch oganga. Wenn ned, hods da Laternozinda zum Leichtn brocht. Dea is midm Radl kumma und hod a Loadda dabei ghobd.

Ganz hindn, voam eigentlichn Festsaal Velodrom, des schbada zum Kino Capitol woan is, hod oamol in da Woch, da Kinoplakatmaler, de oide Farb vo de oidn Plakat, mid am Wasserschdrahl obgschbridst. Nacha is fia den neian Fuim a neis Plakat gmoid woan. So a Plakat woa a Leinwand mid am Hoizrahma ungefäa 4 af 8 Meta. Manchmoi hom de Heldn af dem Plakat ganz andeaschd ausgschaut wia im Fuim. Des Plakat is dann am Arnulfsplatz über da Einfahrt afghengd woan. Wenn de Reglamefuim vo Persil Waschmiddl zoagd woan san, hods Mustabaggerl gebn. Do bin i jedn Dog higanga und hobs schdoiz meina Mama brochd.

Wia i no da Wiggerl vom Arnulfsplatz woa...

Im Winta san ma vo da Schönen Gelegenheit zu da Doana owegrodld und im Somma san ma af da Schillerwiesn zum Badn. D´Mama hod an Guagasalod im Eimachglasl und Wiaschdl dabeighobd. Do san ma bliem, bis uns de Schdaunsn obgfiesld ham. Maikäfa ham ma im Schdatdpark ghobd. Oamoi hods so vui gebn, das de Henna voar lauter Maikäfafressn schlechd woan is und gschbiem ham.

Wenn da Biafahra vom Emslanda mid seine Roß iwan Platz gfoahn is und a boa Roßboin liegn bliem san, hamse de Schboddsn haufadaweis driwa heagmacht. I glaub des woa fia de so guad, wia fia unsaoans a Lewakassemmel. Manchmoi is da oide Firschd Albert vobei kumma. Wenn ma higanga san, hods oiwei Guadln gebn. Hinda eam noch is a oida Daddara mid am suiban Schdegga, weiße Gamaschn af de Schuah und mid am Monoggl daheagwaggld. Woa woahscheinle sei Diena.

Wia i no da Wiggerl vom Arnulfsplatz woa...

San de Somma meist recht hoaß gwen. Dann is da Schbridsnmo kumma. Af an eisern Gschdell mid 4 Radln und an Schlauch, is ea jede Wocha afdaucht, hod an eisern Deckel vo da Ludwigschdrass afgmacht und den Schlauch ogschlossn. Mit dera Feierwehrschbridsn hod ea dann den ganzn Arnulfsplatz obgschbritzt. Des woa a Gaudi.

Oft san dann Hofmusikantn im Stianghaus gschdandtn und hom af da Geign umananda krazt, oda af da Trompedn blosn. Meistns homs bloß oa Liedl kenna. Es woa ned zum Aushoidn. Mei Mama hod dann an Zwoaring in an Fetzn Zeitung eigwiggld und oawe gwoaffa.

De Hausfrauen hamse mid Schauferl und Beserl um de Roßboin graffd, weils de fia eahnane Blumaschdögg braucht ham. Und im Hindahof vo unsam Haus woa a Autoweakschdod, wo *Horch* Auto repariad woan san. Ko mi no erinnan wias amoi a an offenen *Horch* Unfallwogn brochd ham, wo a bluatiga Hirsch af de Rücksitz gleng is, der wo ins Auto gschbrunga is.

Wia i no da Wiggerl vom Arnulfsplatz woa...

Is Lebn seine Gang ganga. Jeda hod jedn kennd und bassiad is weng. Mia ham im 3. Schdog vom Capitol gwohnt. In dea riesign Wohnung ham 4 Parteien gwohnt. Da Herr Dresely, dea beim Fürst Thurn und Taxi gawad hod. Dann a Freilein Wimmer, de uroid und a winzigs grauhoarigs Weiberl woa. De hod domois des obligade schwoaze Schbitsnheiberl trogn. Dann a ledige Lehrerin und dann mia. Mia ham midananda oa Klo ghobd unds Wassa woa am Gang. Wenn ma in da Nocht biesln ham miassn, hods in jeda Wohnung an Eimer gebn, dea an beschdimdn Nama ghobd hod. Es woa allgemein a so. In da Friah hod ma dann glurd, ob koana am Gang drauss is und dann is ma midm Eimer leise zum Klo gschlicha.

De älteste Erinnerung an mei Kindheit is, wia i amoi im Somma in da Jakobsstraß in d´Hosn gmachd hob. Voa da Abodeng hob i so an Duachfoi kriagd, dass ma s de Wadl hind owe grunna is.
Hoass woas an dem Dog. Wias ma dann a weng odiat woa, bin i midm Rückn an de Hausmauern entlang bis zu unsam Haus ganga. Dann hod me unsa Hausmoasterin gseng, hod d´Händ zsammgschlong und gschrian: *Frau Fichtlscherer kummas oawa und schaungs amoi eahnan Buam o.*

Wia i no da Wiggerl vom Arnulfsplatz woa...

Is s´Lebn ziemle armselig gwen. Des is scho mid da Beleichdung oganga. Im Capitol ham ma Gasliachd ghabd. Dazua hod ma beim Krama Gasmarkn kaffa miassn. Am Gang san fia a jede Familie Gasuhrn gwen. Wenn ma so a Gasmarkn eigschmisn hod, woa gnua Gas do, fia a boa Schdundn. Meistns woa owa koa Geld do und mia san beim Keaznliachd gsessn.

I ko mi erinnan, das se mei Babba Schuah kaffd hod, weils goa nimma andeaschd ganga is. A boa Hoibschuah fia 3 Mark und Wocharatn vo 50 Pfennig. Amoi woa hoid des 50gerl a ned do. Da Herr Spitzer, bei dem er de Schuah kaffd hod, is jedn Mittwoch kemma und hod des 50gerl kassiad. *Wiggarl,* hod ma da Babba ongleand, *wenn da Herr leit, dann gehsd aussi und sagsd, dass i ned dahoam bin.* Es hod gleit, i bin an de Korridor Dia und hob erzähld das mei Babba ned do is. Dann hob i mi umdrahd und ganz laut gschrien: *Babba etza hob es scho gsagd.*
A Woch schbäta is da Hea Schbitzer wieda kumma, hod gschmundsld und zum Babba gsogd: *Gell, heit sans owa scho do.*

Wia i no da Wiggerl vom Arnulfsplatz woa...

Wea am Arnulfsplotz afgwachsn is, dea woa a Doanara. Im Sommer san ma den ganzn Dog bloß in da Badhosn gloffa und am Wassa gwen. Varrugde Schwimmer san scho manchmoi dasuffa, wenns in Schrudl undaholb da Schdoanan Brugg kumma san.

Ko mi erinnan, daß in de Dreissga Joahr SA Leit aus Österreich do gwen san. Wias nacha mid oana Zuin hoamfoahrn woidn, hod se des Schifferl an am Pfeiler vo da Hengsnberg Brugg vafangd und einige san dadrunga.

Im Friajoahr hamas leichd ghobd. Wega de Maikäfer ham ma ned in Woid miassn. Um de Zeit is ofd a Hochwassa gwen und in da Doana san hoiwade Baam owakumma. De san iwa und iwa voi mit Maikäfa gwen. Ma hods bloß owabirrln braucha.
An hoasse Dog san in da Middogshitz grousse Fisch am Ufer gschdandn. Grod ois wanns a Middogschlaferl machadn. Wenn ma nacha gaaannzz voasichdig mid da Hand newa den Fisch glangd hod, dann hod man mid Schwung afs Land schmeissn kenna. Owa wenn ma dann ned flink gwen is, dann is dea Deifl wieda ins Wassa ghubfd. Af dem easchdn Kasdanienbaam, gegniwa vom Maierbräu, ham ma uns mid Breda an Sitz ognogld. Oane is mid a Handvoi Gleddn obn gsessn und hod af jemand gluard, dea noch Geld ausgschaut hod. Dem hod a

dann a boar Gleddn ans Gwand gschmissn. A Schdiggl weida is oana vo uns gwen und hod zu dem Betreffndn gmoand: *Mei i woid eahna bloß sogn, dass sie wos am Gwand ham.* Manche ham dann a Finferl oda Zehnerl aussagruggd und sich gfreit, weil ma so nedde Buama woan. De wenn gwussd häddn, wos mia fia Hundling gwen san. Vielleichd heddns glacht.

Wia i no da Wiggerl vom Arnulfsplatz woa...

In 1929 - 1933 woa de Noud unbeschreible. Es hod oafach koa Awad gebn. Manchmoi fia a boa Monad in da Zuggafabrik ois Saggldroga, oda Schneerama oda Hobfazubfa. Es woa hold koa Industrie do, und des meisde hod da Kiach ghead. I woaß wia de Leid gwohnd ham. Vom Kuahgassl bis zum Daumgassl. Muffad und schdogfinsda und ned zum dahoazn. Koa Wunda das de Leid oiwei scheißgrande woan. Gschdrin und graffd is woan iweroi. I hob zuaghead wia in da Winklergass zwoa gschdrin hom und sie gschrian hod, wos wuisdn du mid deine Wimmerln am Schw....z. An de dreissg Leid san umadum gschdandn und hom se bogn voa Lacha.

Mia ham unsa Essn vom Füaschdn am Emmeramsplotz ghoid und an Weihnachdn hods vom REHI (Rengschbuaga Huifsweak) a Baggl fia unsa Familia gebn. In da Blauen Liliengass ham d´Leit a Glosscheim schräg vom Fensda henga ghobd, damids vo elfe bis oans a bisserl Sonna afgfangd ham. Mia Kinda ham de Gassln kennd und gean ghobd. Das de Leid grandig woan, ko ma eahna ned vadenga. Hod do no koan Radio und koan Fernseh gebn. Koa Wunda, dass so vui Kinda gmachd ham.

Wia i no da Wiggerl vom Arnulfsplatz woa...

San de Winta hart gwen. 1929 war so a Joahr. Easchd hamma Treibeis ghobd. Dann is des Eis sovui woan, und de Eispladdn hamse iwa und undaranda bis zum Grund vo da Doana gschobn und s´Wassa iwa de Ufer druggd. Domois bin i midm Babba iwas Eis ganga und häd ma voa Angsd fasd in ´Hosn gmachd. Und wos af dem Eis ois dahea kumma is! De Leit vo da obern Doana ham entrümbld und ham eahna ganz Glump afs Eis gschmisn, mei Liawa.
Oide vabieslde Matrazn, a Loadawagerl ohne Radl, a eisans Beddgschdej, a vareggde Sau und i woaß nimma wos no ois. Wia se nacha des Eis noch a boa Dog in Bewegung gsetzt hod, woa des so laut, das ma am Arnulfsblotz gmoand hom es donnad.

In dem Joah is des Eis no 4 Wocha schbäda auf da Schdrass an da Heazogmaua gleng. Da Babba is in da Friah um viere afgschdandn und zum Schneerama fia d´Schdoad ganga. Den Schnee homs in große Zwoaradla entweda an Doana gfoahn oder ea is in Kanalisation eigschidd woan.

Wia i no da Wiggerl vom Arnulfsplatz woa...

Wenn i so zrugg denk moan i, das de Somma friha scheiner und de Dog länger woan. Owa des is nadierle a Schmarrn. Ma woa hoid ned so triem vo da modernan Zeit. Ma hod ko Crossa brauchd zum Moizkaffee, a Schmoizbrod hods a do. D´Finganegl hod ma se hoid ausbutzt, wanns dreggad gwen san. Jeda Mo und jede Frau woa a Unikat. Da Booda hod ma Hoa gschniddn oimoi im Monat, des woi ois. Es hod a koa Kasbladl gebn wo se de Weibaleit a Frisur aussucha hom kenna. Mid oana zsammgroidn Woideggn afm Radl san zum Badn af de Schillerwiesn gfoahn, ohne Sonnaschiam und Haudcreme, mid Factor woas da Deifl wiavui. Wenn ma an Schaddn brauchd hom, san ma unda de Bam gsessn. Aus da Leddn hamma uns a Rutschbo baut und mit Gschroa und Gaudi san ma bis ins Wassa grutschd. Unda de grossn Schdoana ham mia nach de Fischerl gsuachd, de mia Muichdrutscherl ghoassn hom. Heid woaß i, das ma de Quabbn hoassd. A Muidrutscherl is schliessle wos anders... hihihi

Wia i no da Wiggerl vom Arnulfsplatz woa...

Mei Großvadda mütterlicherseits woa aus Hainsacker und do is a mei Mama af d´Welt kumma. Gwohnd hams in da Roten Löwengasse, nochm Stadlerbräu. Ea woa a liawa Mo und a Schuasda und i ko mi no erinnan, das ea sogoa no a Schusdakugl ghobd hod, fia den Foi s´Geld fia Gaslambn is aus gwen.
Mein Großvadda väterlicherseits is scho voa meina Zeit gwen. Ea muaß so freindle gwen seij, wia oide Radlbumbn. Oafach hoid a Grandla. Oimoi soi ea ana oidn Frau beim Drammer im Schütznhof beim Umziagn ghoiffa ham. De Frau is oiwei um eahm umedanzd und hod gjammad: *Bassns ma af mei Kanabee auf.*
Wia eam dann de Drenzerei zvui woan is, hod ea des Drumm iwas Schdiangglanda ghom und hods foin lassn. *Do hams eahna Kanabbe;* hod ea gmoand und is hom ganga. I dad fasd song, er woar a echda Rengschbuaga.
Ja, de Zeit domois woa bsondas hard. Mia ham bis zu unsana Wohnung 99 Schdaffln ghobd und jedn Kadoffl und Hoizscheidl und Kohln hamma affegschlebt und den Abfall a wieda owe.

Wia i no da Wiggerl vom Arnulfsplatz woa...

Wia i scho amoi gsogd hob, woas ziemlich doud am Arnulfsplatz. Es hod zwoa allgemein de Dult gebn, owa mid unsane boa Gnuddscherln hamma nix zreisn kenna. Owa mia ham uns scho z´helfa gwußd. Mia san solang an da Iwaschlog Schauggl gschdandn bis vo so am wuidn Hund, s´ Geld aus da Daschn gfoin is.
A Moadsgaudi woa, wenn da Zirkus kumma is und mia de Goaßn und Esel fian hom deaffa. De san schnialgrod vom Bismarkplatz durchs Neie Haus zum Weißgerbergrabn zogn. Oimoi is de Dult ausgfoin und dafia hams im Schdadtpark a „Knackwuaschd Fest" gfeiad. Woa owa ned schee.

Wos ausgfoins woa da Rengschbuaga Flugdog. Wenn ma den Hochweg bis ganz am End ausse ganga is, is do a große Wiesn gwen af dea a kloans Hoizheisl gschdandn. Danebn af ana Schdange is a rot weißer Luftsog gwen. Des ganze woa de Flugleitung. Owa dann sans kumma mid eahnana Maschinen. Da Willi Stör mit seina blau weis gschdreifdn Kunsdflugmaschin. Da Udet is mid seim Dobldegga midm Kopf nach untn iwan Platz gflogn und hod a Taschnduach afgobld.

Wia i no da Wiggerl vom Arnulfsplatz woa...

Mia Buama woan a richdige Blosn und ham ois megliche ogschdelld. Owa am liabsdn woan ma mid unsane Hämmoridnschaukln, manche ham a Rawean gsogd, undawegs. I woaß no, a moi ham ma, kuaz voa Ostern, a bsondas scheens Wedda ghabd. Oiso ham ma ausgmachd, heid foahn ma in „d´Wolba“. De Sonna hod gscheind und grod schee wars. Gwundat hom ma uns scho, daß so weng Leit af da Schdrass woan. Mia woan de oanzign Leit im Biergartn.

Noch oana Zeit is a grantige Wirtin kumma. „Wos woids?”, hods gfragd. Mia woidn an Afschnidd hom und do is badsig woan. Heit is Karfreitog, do gibds bloß an Kas. Hod uns scho gschdunga. Oiso ham ma Brodbreggln ins Bia daucht und de Henna higschmissn. Hot ned lang dauerd und de san umananda toaggld und ham gschrian. Oane is am Bugl glegn mid vadrahde Augn und hod d´Haxn in d`Höh greggt. Da Goggl hod sein Kopf vo oana Seitn af de anda drahd und hod seine bsuffan Weiwa ogschaut. Owa dann san ma schnell davo. Mei woa des a scheina Ausflug.

Wia i no da Wiggerl vom Arnulfsplatz woa...

Weil domols de Zeit so schlecht gwen is, hods ofd bloß a „Dotschngmias“ oda a „Soachlruamkraut“ gebn. Desweng san ma im Summa jede Woch in d´Schwamerl ganga. Da Babba, da Linsmeier Dibferl aus da Woiwirka Gass und i. Um viere in da Friah san ma scho losganga. Wias richte hell woan is, san ma scho beim „Woidheisl“ gwen. Do hamma unsane Plätz ghobd. Da Dibferl hod oafach koan Schwammerl gfundn. Da Babba und i nadierle scho. I bin af a Lichdung kumma, da san do an de 10 Schdoabuizl, scho sauba butzt, in oana Reih newanand gleng. Und a Schnabbmessa woa danebn gleng. Da hamma ganz leise de Buizln in unsa Netz do und san davo gschlicha. S´Messa und oan Schwammerl hamma liegn lassn, woidn ja ned unveaschämd sei. Da Dibferl hod dann dem Babba a Fuchzgerl bodn, wenn ea des Netz mid de Schwammerl drong deaf. Am andan Dog hod dann da Glamoddn Sepp mein Babba gfrogd, wiavui da Dibferl Schwammerl gfundn hod. Do hod da Babba gmoand, da oanzige den ea hoambrocht hod, is dea in seim Hosndiarl gwen.

Wia i no da Wiggerl vom Arnulfsplatz woa...

Es woa domois a schware Zeit, weils koa Awad gebn hod. Owa trotzdem ham se meine Eltern blogd, daß eahnane Kinda a wengl a Freid hom macha kenna. Da Nikolaus is kumma und Weihnachdn woa a schee. Da Nikolaus is komischaweis oiwei dann kumma, wenn d´Mama beim Eikaufa woa. Oamoi is ma afgfoin, das da Nikolaus da Mamma ihrane Schuah trogn hod.

Ko mi erinnan, daß i zu Weihnachdn a kloane Buag mit 4 Mandschgerln kriagd hob. Da Babba is mid am Grammofon mid 4 Pladdn hoamkumma. *Mei Muaddarl woa a Weanerin; Mein schönes Innsbruck*; oana boarischn Pladdn und oana Pladdn mit Marschmusik. De hob i beschdimmd a boa hundertmoi ghead.

A Zeit voa Weihnachdn hod da Babba gmoand: Wiggerl wannsd an Wiafflzugga afs Fensdabredl legsd, kriagsd vielleichd a Gschwisderl. Olle hoibe Schdund hob i nochgschaut. Af oamoi woa ea weg und wos sog i, da Babba hod recht ghobd. A Schwesterl is noch 9 Monat af d´Welt kumma. Um de Zeit woa mei Schdrousagg so hart gwen, daß i an neia brauch hob.

Wia i no da Wiggerl vom Arnulfsplatz woa...

I woa ois Kloana ja a scheena Bua. Bis in de zwoade Klass hob i Hoar wia a Deandl ghobt. Und mein Dutzl hob i iweroi mid hi gschlebbd. Und wanns meglich gwen is, hob i no in da Schui, wia a haschsichdiga, a boa Zieg gnumma. Wenn me mei Mama fia d´Schui heagrichd hod, woa des a moads Gschies. Griffl schbidsn, an Schwamm nosmacha, Schuidasch eibagga und d´Rotzgloggn obwischn. Dann hob i no a Schiadsl umghängd kriagd, de voan a Dascherl wia a Hoibmond ghobd hod. Mei hob is des dick ghobd. I woa do a Bua. Voa da Korridoadia hods midm Schbeichl as Daschndiachl noss gmachd und is ma no um d´Nosn gfoahn. Ganz zum Schluß noamoi kambbld und dann woa i fertig zum Geh. Was mei Mama ned gwussd hod. Wias Gangdia zugmachd hod, woas erschde, daß i mei Schiadsl in Taschn gschdeggt hob. Wenn i hoam kumma bin, hob es nadierle wieda onedoa. So schlau bin i scho gwen.

Wia i no da Wiggerl vom Arnulfsplatz woa...

Am liabsdn ham mia Buam an da Doana gschpuit. Do woa gegniwa vom Schlossa Kaiser, af da andan Doana Seitn, woar a Schwimmbad mid Pontons und a Hoizschdeg fia Kanufahra. Mia ham manchmoi a Bredl iwa des Glanda an da Schdrass glegt. Dann ham ma an Kadoffl hintn drafglegd und ausbalandsiad und mid an dickn Prügl voan afs Bredl ghaut. Dea Kadoffl is im weitn Bogn iwas Wassa gflogn und driebn eigschlogn wia a Granadn. Bugglad ham ma uns glachd, weil de Leit ned begreiffa hom kenna, wo dea Kaddoffl hea kumma is.

Rengschbuag hod domols a Originale ghabd wia a jede Schdodt. Da woa a oids Weiberl wo a Gans in an Kindawagl umananda gfoahn hod. A oida Mo is am Arnulfsplatz voabei ganga und hot mid seim Schdegga s Trotoire sauwa gramd. Wia ma dann amoi an Haufa Babiarln ausgschdrahd hom, hod dea arme Mo a hoibe Schdund fia 10 Meter brauchd. Do hod ea uns dann scho leid do. Und dann woar am End von da Roten Löwen Gass a kloans Ehepaar, de Bauschn vakaffd ham. Sie hod eahm im Loadawagl kutschiad.

Wia i no da Wiggerl vom Arnulfsplatz woa...

Um an Arnulfsplatz rum hods in de enga Gassln schlimme Zuaschdändt gebn. Do woaß i no, daß i in a Haus neban Seyboth in da Keplerstrass kumma bin. Da is ma iwa a lange Drebbn zu da oidn Hausdia kumma. De oide Buag hod an Innenhof mid oana Galerie umadum ghobd. Af da linkn Seitn ganz hindn woas Klo. Oiso bragdisch im Freia. Dene Leit muass ja im Winta an Oasch obgfroahn hom. Und im Somma de vuin Fliagn, des domois gebn hod, oh mei. I woa oamoi af so am Heisl. Do is an da Wand a Drohdhakn ghängd mit kloagschnidne Zeitungsbladdln. Ma hod do koa Geld füa a Klobabier ghobd, dafia hod ma se an Händ obuddsd. Und de Plumbsklo woan goa ned oafach zum bediena. Und wannsd dei Babial owe gwoaffa und den Hoidsdeggl ned schneij gnua draf do hosd, dann is scho amoi bassiad, dass des Scheisbabial da Wind wieda afablosn hod.

Übrigens woa in da Keplerstrass a da Roßmezga Nerusil und mir bestens bekannt. Und do hods a no an Feilnhaua gebn, dea von Hand de Rilln in de oidn Feiln eigschlogn hod.

Wia i no da Wiggerl vom Arnulfsplatz woa...

Do is oft ing heaganga midm Geijd. De arma Fraun hom schaugn miaßn, daß wos afn Tisch kumma is. A Brot is scho glei goa ned weg gwoaffa woan. Des woa as End. Und so hods nadierle oft a Brotsuppn gebn. Ois afgschmoizne, oda voakochde. Heit gibds in manche teiere Hotels a „Zuppa" soundso. Und wennsd de ned auskennst, kos sei, daßd a Brotsuppn kriagsd, fia a Haufa Geijd. Oft hamma a „Endivensuppn" kriagd. Wia des gehd? Endivebladl in Schdreifn gschien, a Doagl ogriad und a Eibrenn macha. Den Endive eine doa, umrian owa ned kocha lassn. Obschmegga. Iß i heid no gean.

Oamoi in da Woch bin i mid da Mama afn Markt am Domplatz ganga. Und dann hods oft Kuttln kafft. De hom 3 Standln newa da Ulrichskiach ghobd. Des Zeig hod ja greislich ausgschaut, owa wenns a saure Lunga gebn hod, is des dazua kumma. Liawa hob i dann an „Blaua Heinrich" gessn. In oide Wiatsheisa hoassn heit no „Blauer Heinrich". I lass eich selwa draf kumma, wos des is.

Wia i no da Wiggerl vom Arnulfsplatz woa...

Wenn i an mei Schulzeit denk, dann foid ma oiwei glei zerschd da Lendermeier Kare ei. Ea hod in da Lederergass 1, im driddn Schdog gwohnd. A kloana Deifl und so blond, das seine Hoa scho fast weiß woan. Wia ea wieder amoi d´Schui gschwandsd hod, hob i higeh miassn und frogn wo ea bleibd. Do hod me so a zahnluggada Bsuffana ogschrian: „Schleich de und wannsd no amoi kummsd, dann schmeiß i di iwa d´Schdiang owi. Dann geh i zu deim Fräulein Lehrerin und dann is de längsde Zeit a Freilein gwen."
Da Kare hod ois ogschdeijd wos ganga ia. Ko me erinnan, mia ham an Afsadds schreim miassn über an Bferde Ritt. Do hod ea a ganze Seidn „Trab Trab Trab" gschriem und ganz undn rechts „Brrrrr"!
In da Pause is eam unda seim Bulowa a Schniarl aussaghängd, und wenn oana dro zogn hod, is eahm da „Blinddarm" aussaghubfd. Echd woah, weil soichane Gschichdn ko ma ned eafindn.

Wia i no da Wiggerl vom Arnulfsplatz woa...

De meiste Zeit san ma af da Schdrass, oda in unsam Hof beim Spuin gwen. Heislhubfa, Roafdreim, Bärendreim und obhebn, oans so schee wias andere. Nachm Gwidda san Babbiaschifferl baut woan und mia hams in de Dregglaggan schwimma lassn. Vom Friajoahr bis in Heabsd eine san d´Schuah im Kastn blim.

Fangamandl und Vaschdegga ham ma gschbuid und wos sonsd no ois gebn hod. Zum Beischbui Griawerlschussern, oda Bladdln.

Ma hod nua zwoa Boar Schuah ghobd. Fia d´Weakdog und Sonndog. Owa de Sonndogsschuah san so seltn trogn woan, daß oam schnell zkloa woan san.

Vo oide Kindawong is des Gschdeij mid de Radln ausbaut woan, a Hoizbladdn draf und des woan unsere Auterln. Und wea an Roller oda goa an „Hollända" ghabd hod, dea woa iwahaubt da King. Am Sonndog wenns grengd hod, san ma dahoam bliem und ham zughead wia d´Mama und da Babba beim Kocha gsunga ham. So schaurig scheine Lieda wia: *Da Soldat am Wolgaschdrand*, *Mariechen saß weinend im Garten* oder des allerschennsde vom *Legionär in maurischer Wüste*. Mia Kinda woan dann meiserlschdad.

Wia i no da Wiggerl vom Arnulfsplatz woa...

Wenn ma im Summa ned beim Bodn af da Schillerwiesn woan, san ma meisdns am Schboadplatz gwen. Mei Babba woa a Jahnera und hod jeds Schpui ogschaut. Domois hams no gega Waldhof Mannheim 6:0 und gega Fürth 4:0 gschpuit. Am liabsdn woan ma afm Plotz vom FC Rengschbuag in da Prüflingerschdrass, oda beim Postschpoadvarein. Mei Babba is oiweil mid seine Fussballfreind ganga und i woa dabei.

Da oane woa da Mulzer Zweagl. A kloawüchsiga Mo, dea in da Kreuzgass a Schuasdarei ghobd hot. Dea hodn Babba jedsmoi ins Oahwaschl bissn, wenn da Jahn a Toa gschossn hod. Is owa ned recht oft voakumma. Dea andare Freind woa da Buhl Melch aus da Weithold Schdrass. Dem sei Bua hod beim Postschpoatvarein gegnüwa vom neua Kranknhaus gschbuid. Wehe wen dea am Toa vobeigschossn hod. Da is da Oid narrisch woan und hot seim Buam zuagschrian: „Heit gibds koa Omdessn und du gehst glei ins Bedd." Ma sieghd, Fans hods oiweil scho gebn. Owa graffd hams ned und randaliad homs a ned.

AUG. RÖHRL
Möbel-Transport
Restaurant
Besitzer: W. Trommer

Wia i no da Wiggerl vom Arnulfsplatz woa...

I bin gean in Kreizschui gang. Hob an Haufa Freind ghobd und am Judnschdoa hods ois gebn wos ma brauchd hom. An Bägga Eckert, a Kramaladl und des Ladl gegniwa vom eigmauadn Judnschdoa. Do san drei Schdaffln oweganga und wenn ma Dia afgmachd hod, is a Schäwean losganga. In da Friah woa do a Moadsbetrieb. Griffl, Federn, Bleischdift, Wafflbruch, Nabbo usw. I hob ma oft Veilchinbasdilln in dene kloana rundn Blechdoserln kaffd. Eigentle woan des bloß kloane runde Bladdln aus Bärndreg.

Im Kramaladl is afm Lodnbudl a Babadegglschachdl gschdandn und de s woa a Schdechautomat. Do woan obn an de 50 Markierunga afdruggd. Und wenn ma dann mid am Schdichl a Markierung duachdruggd hod, is an da Seitn a fabige Kugl aussakumma. Je nochdem wos de Kugl fia a Foab ghobd hod, is ma mid wos zum Schlegga belohnd woan. A Schdich hod a Finferl kosd. Jeda Schdich hod gwunna. An Schbuisalon hods domois ned gebn. Owa wann i mia heid des bedenkt, woa des vielleichd da Anfang. Übrigens woa da hechsde Preis de goidene Kugl. De ham ma a Schachdl „Trumph Pralettn“ griagt.

Wia i no da Wiggerl vom Arnulfsplatz woa...

Oft ham mia Buam noch da Schui Fuaßboi gschbuid. Am liabsd voam Kreizklosda. Do is nadierlich scho laut heaganga. Und wegn da Klosdamaua hods an Widahall gebn. Oamoi san ma bsondas laut gwen. Und do is aus oam vo dene Heisln gegniwa vom Klosda, a oida Mo aussakumma, hod mid seim Schdegga umananda gfuchdld und gschrian: „Wanns ihr Hundskribbl ned boid vaschwinds, dann kinnds wos dalebn."

Mia san ziemle daläbbad do gschdandn und gschdunga hod uns a. Owa dann is uns wos eigfoin. Wias Omds woan is, ham ma a boa woache Hundsheifarl gsammeld und in a Zeidung eibabbiald. Hams dem oidn Grantla voa Hausdia glegd und ozundn. Dann ham ma ogleid und san weg grennd und gluard, wos bassian wead. Af oamoi is d´Hausdia afganga, dea oide Mo hod an Schroa doa und woid in da Banik des Feia ausdredn und is af oam Fuaß umananda ghubfd. Lassds Eich ja nimma bligga, woas letzte wos ma no ghead hom. Heid bin i selwa a oida Grantla, und wenn dea Oide im Himml Facebook sehng ko, mechd i eahm sogn, dass mia leid duad. I mechad a koane Fussballer voam Haus ham.

Wia i no da Wiggerl vom Arnulfsplatz woa...

Mid da Boderei woas schlechd. S´Wassa woa am Gang und a warms hods bloß ausm Wassaschaffl gebn. Do hod uns ´Mama meisdns bloß in a Wanndl gschdelld und midm Waschlabbn ogriebn. Richdig badd ham ma wenn a große Wäsch woa. Do is am Dog voahea af ´Nachd, scho da Ofa in da Waschkich oghoaddsd und da Kessl afgfuid woan. In da Friah um viere is mei Mama scho afgschdandn und wenn i um achde nochgschaut hob hods dambfd, das i goa nix mea gseng hob. Sie selwa woa badscherlnoß. Und dann easchd des Auswindn vo de Beddiacha. Do hods ma scho so leid doa. Ois letzts san dann mia Kinda no badd woan. Im Summa woas ja no schee. Owa im Winda hob i dann de greisliche Undahosn midm Leiberl oziang miassn, wo hindn de Klabbn zum afgnebfln gwen is. Und dann de graddsadn Schdrimbf mit de Schdrabbs dro. I hob lang ned alloa biesln kenna mid dem Glumb. Und ofd hod ma mei Mama helfa miassn. Wias oamoi mei Wimmerl ned glei gfundn hod, soi i gsagd ham: „Mama, du hosdn zledsdd ghabd“. Des hod mei Babba jahrelang am Biadisch vazeijd. Des hob i eahm nia vazeiha kenna, weil i mi so gschamd hob.

Wia i no da Wiggerl vom Arnulfsplatz woa...

Mid meine Lehra woa i scho zfriedn. Am liabsdn woa mia da Lehra Sippl vo da Prüfiningerstrass. Manchmoi woa ea scho, song ma amoi, sondalich. Fia a Rogerl Daumdregg hod ea a Zehnerl zoid. Des dauad fei a Zeit bis des zsamma scharrsd. Mid oam schwoazn und am brauna Schuah is ea dahea kumma. Und wia ma an Ausflug zum Schwoibn Nesd gmacht ham und es is oana a bisl weida weg ganga, hod a an ausdiaddn Kuahbflare mid seim Schdegga af gschbiessd und dem Buam wia a fliagade Undadass nochgschleidat.

Wia ma in da Schui Australien duachgnumma hom, hod ea mia a saubane Schdrafaufgabe vabassd. Da Wirl Ossi hod voaglesn, daß de Hollända Australien „ogschiffd" ham. Do hod da Lehra Sippl scho gluard ob oana vo uns lachd. Zwanzg moi ho i schreim miassn, daß de Hollända Australien angeschiffd haben. Owa Daddsn hod a scho heagebn kenna, oder a boa hindndraf. Weil i in da easchdn Bank gsessn bin, woa ma des unangenehm, weil i den Betreffenden festhoidn hob miassn. Und wen dea umananda zabbld hod, is scho bassiad, das i a wos obgriagt hob.

Is ois vagessn Herr Lehrer!

Wia i no da Wiggerl vom Arnulfsplatz woa...

Im Friajoahr is da Babba in Prüfiningerschdrass zum Forstamt ganga und hod fia a Fuchzgerl an Hoizschein ghoid. Und dann san ma bis zum Heabsd, olle 2 Wocha ins Hoiz gfoahn. An Tee, a boa Buttabrod und kochde Eia, ham mia dabeighabt. Mein kloana Bruada ham ma eiglodn und dann san ma bis zua da Sinzingerbrugg, midm Loadawagl gfoahn. Do woa a Üwafua. Da Fährmo hod uns scho kennd und fia uns Kinda hod a vababbde Guadln oiwei aus sein Hosndaschn aussazogn. Mia wo dea Mo unheimlich, weil ea uns amoi vazeijld hod, daß in da Nachd um zwölfe, oana kummd und iwasetzn wui. Dea hod an schwarzn Huad af, red nix und de Zuin gehd fast unda weng an Üwagwichd.

D ´Leit ham friah soichene Sachn glaubd.

Mia san mid unsam Waggerl de Schdrass noch Eilsbrunn affegfoahn. Do af da Schdregg hod da Babba scho gwußt, wos ma umschneidn deaffa. Bloß diare Bam bis 15 cm Duachmessa. Danach is Mittagspause gwen. Mia san af ana Deckn glegn, hom de Woikn zugschaud und es woa wos vo schdad. I glaub, wenn a Omoasn oan lassn hedd, des hedd ma hean kenna. Omds san ma miad hoamkumma und bloß no ins Bedd gfoin. Es woa hoid a oame Zeit.

Wia i no da Wiggerl vom Arnulfsplatz woa...

Jetz kummd boid wieda de Zeit, wos Maikäfa gibd. Wenns oa gibd. San ja scho so rar, dasd ins Feansing kummsd, wannsd oan findsd.
I hob amoi fia a boa Maikäfa a boa Foddsn griagd. An am scheena Dog im Friajoah, bin i mid meine Freind zum Maikäfafanga ganga. Fanga hosd ja de ned miassn. Wenns gega a Biakabeiml tredn bisd sans grod owaberld. Owa domols hama mehra gfundn, ois ma dengd hom und oiso wohi damid. Do is mia eigfoin, mia kanntns in unsare Hosndasch doa. I hob an Seckl auszogn und de ganze Bagasch im Seckl, in mei rechte Hosndaschn gschdobfd. Do is ma siadadhoaß eigfoin, das i ja no in d´Maiandachd muaß. Grod rechtzeitig bin i no okumma. Da Minischdrant hod mir seim ois zuagreichad und mia hom gsunga: *Maria zu lieben, is ollzeit mei Sinn* usw. Af oamoi brummds und wia i schau, siech i an Maikäfer fliagn und an a foabigs Glosfinsdda bummban. De anden hom olle glachd und da Bfarra hod beis gschaut. Und es hod ned lang dauad, is wieda oane an de Scheim boussd. Do hob i an mei Hosndasch oaweglangd und gmeaggd, daß mei ganze rechte Seitn voi vo dene Viecha woa. Und gschtard sans wia Jagdfliaga, oana noch andan. Guad das i bloß 2 Foddsn griagd hob und ned fia a jedn Käfa oane. Des woa a Bfundsgaudi.

Wia i no da Wiggerl vom Arnulfsplatz woa...

In de dreisgea Joah, woa da Goignbeag in Rengschbuag des gleiche, wia da Nockabeag in Minga. D´Mama hod scho nochm Kaffeedringa in da Friah Brennschar heagrichd. Da Linsmeier Dibferl is scho voraus ganga und hod im Schdeanbräu Kella an Disch bsetzd. De Freind vom Babba, eahnane Frauen und mia san dann um elfe nochkumma. Vo weidm hod ma scho Musi ghead. Und an Dufd vode Brodwiaschdl, hod ma scho af 500 Meda grocha. Drin im Saal und draussn im Goadn, woa koa Plotz mea frei. Dann is gessn und drunga woan, wias hoit so is in am Biagartn. Boid woas so woam, dass se de easchdn scho fia a Natzerl ins Gros glegd hom. Mia Kinda ham uns um d´Schaukl graffd und fanga gschbuid. Um a viere rum sans wieda olle am Disch gsessn. D´Weibaleid ham Kaffee drunga und de Manna ham Schofkobfd bis finsda woan is. Dann hods a Brodzeit gebn, mid am Radi, Lewakas oda an Bressog. Und dann is danzd und drunga woan, bis frisch woan is. Da Dibferl hod Kellnerin odatschd und de hodn dann an Gniabiesla ghoassn. Bevoas graffd ham, hod da Babba gmoand, es wead Zeit das ma hoamgenga. Bis zum Arnulfsplatz is fei weit. Und a Moadsgschieß woars, bis ma n´Dibferl hoamgschlebbd ham. Owa schee wars.

Wia i no da Wiggerl vom Arnulfsplatz woa...

I ko mi no erinnan, daß in unserer Näh Stadtbauern gebn hot. Da Kneitinger in da Kreuzgass und oana Am Judenstein. Dann oan in da Wollwirker Gass und oan nach da Herzogmauer. Kannt sei, daß dea Heiglbauer ghoassn hod. Wenn ma vom Bodn af da Schillerwiesn hoamganga san, ham duat de Bama eahnane Roß bodn lassn. Des hod de Rössa guad doa, noch da Arwad afm Feld. Duat hams a bflasdadde Einfahrt in Doana gmacht. Im Winter ham nähmle de Brauerein Eis gschnien. Dazua homs mid de Fuhrwerka bis ans Wassa foahn miassn. Des Eis schnein, woa a Sau Arwad. Mit schwarе Schdichsagn homs Pladdn aussa gfeagld und af de Fuhrwerka verlodn. Meisd woan de Dog saukoid und um de Rösser und de Manna, is da Dambf afgschdeng. De Wagn hom knarrzd, wenns des Eis in de Biakella gfoahn hom. Owa i woaß, weil i oft zugschaut hob, das beim Emslander a Schdanga Eis gmachd ham. I hob ned vaschdeh kenna, wias aus dene Formen im Wasser, Eis aussaschlogn ham kenna. Des Schdangen Eis is an de Hausfrauen vakaffd woan. Es hod ja koane elektrischn Kühlschränk gebn, bloß Holzschränk mid Blech ausgschlogn.

Wia i no da Wiggerl vom Arnulfsplatz woa...

Fria hods ja koane Klassnfoahdn gebn. Des hod Undarichtsgang ghoassn und woa bloß in Rengschbuarg und Umgebung. Mia hom gseng, wias in da Prüflinger Kiachagloggn gossn ham, und wia in da Seilerei Schdrigg drahd woan san. Manchmoi ham ma oafach an Ausflug gmachd. I ko mi erinnan, das ma an oana Kabelln vobei kumma san, wos Wundaheilunga gebn soit. Do woa af am Bosdamenddl da Heilige Zabbaraddäus oda so ähnle gschdandn. Dea hod an Zeha zum Obschraum ghobd. Und wenn ma den an sein Wehdam higriebn hod, is ma gheilt woan.

Da Stadlbauer hod domois oiwei a Ruferlsubbn an seina Nosn ghabd und hod den Zeha an sei Nosn do. Owa dann hod ea gmoand: „Wann i ned gwis wissad, liawa Zabbaraddäus, das du oben schdehsd, dad i moana du bisd in an Haufa einedrin.“ Wia ma dann ganga san, hob i de Danksagunga an da Wand henga sehng. Huifd bsondas gega Hämoriddn. I hob mas goaned sogn traua. Owa dem Stadlbauer hods ghoiffa. A Wunda ! Wanns hintn huifd, dann huifds iweroi.

Wia i no da Wiggerl vom Arnulfsplatz woa...

I hab mia nia voaschdelln kenna, wo andasch zum Wohna, wia am Arnulfsplatz. A Zeitung hods uns ned gleidd und an Radio hods ned gebn. Deswegn is da Ratsch ganga. Da Kirmeierin is da Vogl varreggd, und afm Fuassobschdreiffa vom Oberdorfer, hod a Katz higschissn. In da Trambahn woas gnallvoi, wia a kloana Bua gfagd hod: „Babba wos isn des fia a groussa schwarza Vogl do drauss?“ Und da Babba hods ned glei gwuassd. Olle Leit san gschbannd gwen, wos do kemma wead. Krähe is eam ne eigfoin und Kroua woid a ned sogn. Oiso hod ea dem Buam eaklead, das des a „Kroha“ is. De Leit soinse bogn hom voa Lacha.

Beim Kneitinger hod a bederische gwohnd, de jedn Sonndog zwoamoi in Kiach grennd is. De woid am Arnulfsplatz ausschdeign. Sie woa beim Eikaffa und deswegn hods a Netz mid fünf Bfund Kadoffln in oana Hand drogn. Mid da andan hods se se am Griff festghoidn. Da bleibd de doch midm Netz henga. Und wias ziagd und zaggld meakt sie erschd, daß am Hosndierl vo am Mo hengabliem is, dea an da Dia schdehd. De arme Frau hod so a Banig griagd, das de Kadoffln loslassn hod und gflücht is. De is dann wegzogn, weils se se nimma hoidn hod kenna am Arnulfsplatz.

Wia i no da Wiggerl vom Arnulfsplatz woa...

Mia Buam san weit umananda gschdrawansd. Vom Schdadtpark bis zum Hafn, und vom Obern Wöhrd bis nach Karthaus.
Im Heabsd woan ma bsondas gean in da Anlag ums Kriegerdenkmal. Scho wegn de Kasdanien. Wia wuid hammas gsammld und Mandschgerl und Viecha basdld. Dohoam sans am Finsdabredl gschdandn bis gschrumbld woan san. Owa des Kasdanien sammln, woa goa ned oafach wega dem Alleedaggl.

Des woa da Aufseha, dass ma ned ins Gras eineganga is. Oamoi hom man dann do iwasehng. Dann hamma uns dodglachd. Kummd do af am oidn Radl a vahudslds Mandl o, mit seina greana Middsn am Kobf. A Fliagn, wenn eahm dagegn gflogn wa, heddn leicht umgwoaffa. Es woa allgemein bekannt, daß blos oana an soichan greislichn Oachlkobf hom had kenna. Wann ea a Unifoam, oda a amtlichs Kabbl afghobd hod, woa ea a schneidige Eascheinung. Echd woa, des woa a so. Frogds amoi de Weibaleit. Gfiachd ham ma den Alleedaggl nimma. Den hän ma leichd wegblosn kenna.

Wia i no da Wiggerl vom Arnulfsplatz woa...

A Ratsch und Dratsch is am Arnulfsplatz ollaweil ganga. Wenn dann oane gsagd hod das de Schindln aufm Dach san, hob i scho gwussd de Gschichd ned ganz sauba is. Manchmoi is da Babba am Sonndog zum „Obermünster“ ganga. Do hams an scheina Biergartn ghabd. Dann is iwa Gott und de Welt gred woan. Da Barwitz Toni hod dann vazeijd, wia ea ois Braumaschinen Technika unterwegs woa.
Oamoi woa ea in am kloana Nesd um wos zum Reparian. Und wias hoid a so is, hods bis in d´Nachd dauad. Unds Bia woa a umasunsd. Schbad in da Nachd is dann da Toni aufs Zimma ganga. Noch ana Zeit hod ea gmeagd, „Auweh etz weads kriddisch“. D´Hosn woa scho a wengl eigsaut und den Weg zum Heisl hod ea a nimma gschaffd. In seina Nout baggld ea de Hosn zsamm und schmeisds zum Finsda ausse. In da Friah sogd d´Wiartin: „No hams guad gschlaffa?“
„Ja und wia“, sagd ea draf. Draf moant sie: „dann schaugns amoi zum Finsda aussa, wos do am Bianbam hingd.“ No wos woi. De ogschissne Hosn. Sehgds, deswegn bin so gean midn Babba ganga. Ma hod fias Lebn gleant.

Wia i no da Wiggerl vom Arnulfsplatz woa...

Jeds Joah is de Frog afdaucht, foahsd heia a wieda mid zum Hobfazubfa? Meisdns woans de gleichn Leid, de zum selbn Bauan gfoahn san. I bin nadierlich midm Babba a dabei gwen. Da Baua hod uns in Wolnzach mid de Roß obghoid. Gschlaffa hamma im Heischdadl. Mandln und Weibln nebanand. Hobfazubfa san lustige Leit, hoaßds. Owa a Hobfaschdauan is lang und des Obbialn machd grindige raue Händ. In da Friah ham de Zubfa no glacht und gred, owa wias hoaß woan is, woas aus damit. Middog hods a Brotzeit gebn, de da Baua midm Fuhrwerk brochd hod. Fia an Metzn, des is a grossa Korb, is a Fuchzgerl zoid woan. Omds is dann oft ganz lustig gwen. Oana mid a Mundharmonika, oda a Ziach, hod gschbuit und d´Leit ham gsunga. I bin zum Krama ganga und hob fia a Zehnerl Bonbon kaft.

De Schlafferei im Heischdadl woa ned oafach. Voa zwölfe woa koa Ruah. Andauand san oa ausse- und einagschlicha. Und oamoi hod mia a Hand im Finsdan vo obn bis undn obdaddschd. De woid beschdimmd ned zua mia. Da Baua hod ma dann zwischn da Fuadakistn und da Gsodmaschin an andan Schlafplotz eigricht. I glaub das beim Hobfazubfa ned bloß zubfd, sondan a dubfd wead.

Wia i no da Wiggerl vom Arnulfsplatz woa...

Wia i scho amoi gschriem hob, woa de Noud in de Dreisga Joah grouß. Guad, a Oa hod vielleichd a Finferl kost und a Hoibe 21 Pfenning. Owa i hob ghead daß in da Winklergass, a Familie mid 4 grousse Buam gehm hod. De ham am Sonndog ausgwiafld, wea an Babba sei Hosn, zwengan Fuatgeh, oziang hod deafa. Und iwan Arnulfsplotz is jedn Namidog um finfe a afdagglds Maddschaggerl ganga. I glaub de is aus da „Schönen Gelegnheit" kumma. Des woa de easchde, de a ogschmiads Meij ghabd hod. Hod selwa ausgschaut wia a scheine Gelegnheit. Woahscheinle is zum Dascherlschwinga ganga. D´Leit ham vazeijd, dass amoi bei da Trambahn Insl gschdoibbad und higfoin is. Angeblich soin oa gsehng hom, daß a Manna Undahosn drunda ghabd hod und s´Hosndial woa mid ana Glufan zuagschdeggt. Fia de Frauan woa des a schlimme Zeit. Woidn do a schee sei.

Ko mi an mei Mama erinnan, wias mid da Brennschar umanandagweagld hod. Des is a Theada gwen. Z´hoaß hods ned sei deafa, sunsd wan d´Hoa vabrennd und drum is easchd an a Zeitung ausprobiat woan. Wann de Zeitung schee braun woan is, woas richtig. Und das a bisl a Geld einakumma is, hods im Altersheim am Ägidienplotz no butzt. Woar ned schee.

Wia i no da Wiggerl vom Arnulfsplatz woa...

Friah is in Rengschbuag vui graffd woan. Am schlimmsdn woan de Metzgerbuaschn und de Schiffersleit. Da Blaue Hecht, de schdoana Brugg und d´Sunna, san oft in da Zeitung gschdandn. Und a de Bama, san mit de Roß grausam umganga. Ko mi no erinnan, wia amoi a Langhoizfuahwerk, ned de Bruggnaffahrt nach Stadtamhof gschaffd hod. A Pfead is sogar afm Bflasda ausgrutschd und higfoin. Da hod da Fuahknecht a so af des Roß eidroschn, daß gschrian hod und afgschdandn is. Und wias dann trotzdem ned voaro ganga is, hod ea aus am Sog an Schiewl Schdroh ghoid, unda de Roß gwoaffa und dann ozunddn. De Viecher ham voa Schmeazn gschrian. D´Leit de zugschaut ham, heddn den Bama fast zsammgschlogn. Dann hams selwa mid ogschom, weils de Ros oafach nimma dabaggd ham. Des vafoigt mi heid no.
Wann i af meina „Oim" an Wuam siech, dua in af d´Seitn. Und wenn a Biene nimma weida ko, dann kriagds a Drebfl Honig. Und de Vögl im Chiemgau wissn, wanns in a Weda kumma, daß bei mia oiwei a woame droggane Babbadegglschachtl gibt, wo ma umasunsd iwanachdn ko. Und des bassiad oft.

Wia i no da Wiggerl vom Arnulfsplatz woa...

Es hod amoi a Zeid gebn, do woas Bflichd, das ma zu jedem Bfarra auf da Schdrass „Gelobd sei Jesus Christus“ hod sogn miassn. Dem sei Antwoat woa dann „In Ewigkeit Amen.“ Des hod mi so narrisch gmachd, das i af de andere Schdrassnseitn ganga bin, wenn i oan scho vo Weitm gseng hob. Bsondas da Herr Benefiziat Kiefl, da Hausherr vo da Leonhardi Kiach, woa scharf draf, das de Regel eighoidn woan is. Da Kiefl woa a echts boarisch Gwachs, mid am Gsicht wia a oida Hoidshagga, mid lange geijbe Zähn und a riesign Heiglnosn. Wann dea sein Zinkn in an Bam eighaut hedd, hedd a im Schdeha schlaffa kenna.

Dem Kiefl hob i amoi s´Kraut ausgschidd. Wia i in da Kreizschui amoi zum Biesln ins Klo kumma bin, do is da Binefiziat Kiefl scho an da schwoazn Wand gschdandn. Ganz iberraschd hob i glei mei Schbricherl „Gelobd sei Jesus Christus“ afgsagd. Owa ea hod ma koa Antwoat gebn. Normalerweis hed ea mia d ´Händ af Kobf glegd und „in Ewigkeit Amen“ sogn miassn. Owa des is ned ganga weil ea koane frei ghobd hod. Dafia hod a wos gmuamld und ganz bees gschaut. I muaß wos foisch gmacht hom. Is scho recht hob i mia dengd. Weihnachtdn konsd Dei Heilige Maria selwa schbuin.

Wia i no da Wiggerl vom Arnulfsplatz woa...

Kinda kenna grausam sei. Bsondas wenn oana behindat woa, hod a scho an Schbiddsnama griagd. Hod oana a Bruin drong, dann woa des a Vieraugada. Oana mid Silberblick, woa a Schiaglda. A Madl mid Wimmerl, hod Schdreislkucha ghoassn. Und wea guad im Hindnausseblosn gwen is, dann is des oafach da Schoaß gwen. Des woa kuaz und brutal. Owa koana hod se driwa afgregd. A Freind vo mia, woa da „Muman Sepp“ und dea hod in Wiaglichkeit, Schindler Josef ghoassn. Dea ho de blede Sucht ghabd, dass a schdadd „da muß man“, zwanzgg moi am Dog „da muman...“ gsagd hod. Da Muman, woa an Kobf gressa ois i und da Scheidl is eahm iwa das linke Augn ins Gsichd ghingd. Und a Bruin hod a drong.

I woaß no, wia i eahm im Winda an Baddsn Schnee ins Gsicht gwoaffa hob und hinda seine Bruinglasl ois weiß woa. Des is an dem Dog gwen, wia de Kati vo Nr. 5 an Schneeboi ins Gsichd griagd hod, wo a hards Hundsdreggl drin gwen is. De soi so narrisch woan sei und gsogd hod: *Dein los e ezs, denn büssch Holedschei bummd!*

Wia i no da Wiggerl vom Arnulfsplatz woa...

Beim Dr. Meier vo da Herz Jesu Kiach, hod´s singa a Freid gmachd. Owa beim Lehra Schleer, woa des mea a Gsichdsgymnasdig. De Augn miassn beim Singa weit af sei und af da Schdian deaf ma koane Foiddn macha. Des is goa ned so einfach. Hob i d´ Augn afgrissn, hob i af meine Schdianfoiddn vagessn. Hob i an de Foiddn dengd, hob i daweil meine Augn vagessn. Und do hod da Schleer grod draf gward. Dea hod oam glei bliddsschneij a Foddsn gebn und de is so flink kumma, das ma se ned amoi wegdugga hod kenna. I hob oiwei glei biesln miassn, weil i mi a so afgreggd hob. Und wos sog i, des hod ollaweil funktioniad. Egal ob i meine Augn weid offa ghabd hob oda ned. I hob a ned iwalegn miassn, ob i grod af m Hian Foiddn hob. A weng iwadriem hod da Schleer scho. A mid dea Danzerei mid de Madln. *Wea wui fleisige Handweaka seng, ei dea muass zu uns hea gehn.* Zwengs dem bin i nimma higanga. Owa i muass scho sogn: Wia ea an am Sommaomd „ Im scheesdn Wiesngrunde“ gsunga hod, hob i echd wos vasamd.

Wia i no da Wiggerl vom Arnulfsplatz woa...

Weil unsa Fuassballplatz am Judenstein, wega am oidn Grandla ausgfoin is, san ma in de Schöne Gelegenheit zum Schbuin umzogn. Do is koa Vakeah gwen. Owa do hod beim Mezga Geier oane gwohnd, de noch a boa Dog an Kiewl voi Schbeijwassa owagschidd hod. Droffa is koana woan. Owa mi ham dengd, wenn ma scho wieda umziagn miassn, wo ma wos oschdelln.
Mid ana schdarkn Schnur san ma ins Haus gschlicha und ham oa End an de Diaglenga vo dera Zwidawuadsn bundn. Des ana End is logga an da Dia vo da Wohnung gegniwa festmachd woan. Dann ham an dene zwoa Wohnunga ogliddn. Mia san undn gschdandn und woan am Luan wos bassiand. Zeaschd hod unsa Freindin Dia afgmachd. Und wias so bled gschaut hod, weil koana draussn woa , do is af da andan Seitn de Dia afgmachd woan. In dem Moment is da Zwidawuaddsn de Dia aus da Hend grisn woan und zugfoin. Mia san ma zfriedn ganga und zum Nonnenplotz zu de Salesianerpater umzogn. Sooo a scheina Dog.

Wia i no da Wiggerl vom Arnulfsplatz woa...

Unsa Plotz woa scho a kloane Welt fia sich. Wea Keichhusdn ghobd hod und das d´Nachbarin scho seit a boa Dog schbeijd. Des ham mia ois gwusst und mia ham eha gwussd wia sie, dass schwanga is.

An „Drambahnriddsnreiniga“ hods in Rengschbuag a gebn, ned bloß in Minga. Und gscheade Hammln in da Nachbaschafd hamma a ghabd. Hod ma do oana amoi a Blechschachdl in d´Hend druggd und i soids afmacha. Mi hedd fasd da Schlog droffa. Es woa ned zum Glaubn. In da Schachdl san zwoa Augn von a Kuah umanandagrudschd. So a Sauerei. Und da anda hods se amisiad. I hob ma gschwoan, das dea dafia biassn muaß. Weil i gwußd hob, wo dea wohnt, woa des einfach. Hundsheifal san grod gnua af da Schdrass umanadaglegn. An bsondas woachn hob i eahm unda de Diaklinga vo sei Wohnungsdia gschdricha. A boa Dog schbäda, hod a mas vazeijd wos eam bassiad is. Na na hob i gmoand, ma glaubd ja ned wos fia Saubän dass heitzudog gibd.

Wia i no da Wiggerl vom Arnulfsplatz woa...

An da Doana ham mia Buam am liabsdn gschbuid. Owa dann is da Lohner Hansl beim Maierbräu aus da Zulln gfoin und dadrunga und mia ham a Zeidlang nimma higeh deaffa.

Owa a bfundiga Schbuiplotz woa beim Emslander ganz hindn im Hof. Do san a Haufa zsammgrosde oide Auto gschdandn. Im Sommer san ma dann afn Bismarkplotz zum Badn ganga. Bis ma duach Zufoll gseng ham, dass rechts, da wo de Bfarraleabuam gwohnd ham, a grossa Bauernhof gwen is. Mid Ross, Misdhaufa und wos hoid so dazuaghead. Vo aussn woa bloß a Toreinfahrt zum sehng. Oawa de woa meistns zua. De Ausfahrt is an da Eckn Jakobschdrass/Stahlzwingerweg gwen.
De Bama ham uns midgnumma, wenns afs Feld am Hochweg gfoahn san. Und a Gaudi woas Dambfmaschinendreschn. Grod wenn i midgfoahn bin, hod oans vo de Rössa sein Schwanz ghobn, hod se ausgschissn und hindahea dann manchmoi no an Schoaßlassn. Ihr habds koa Ahnung, wia so a Pfead schdinga ko.
Übrigns hods Obermünster Seminar a an Bauernhof dabeighobd.

Brauerei
Emslander
Gaststätte

Wia i no da Wiggerl vom Arnulfsplatz woa...

Mei Babba woa a lustiga Mo. Den Luggl ham vui Leit kennt. Trotz da Noud san zwoamoi im Monat seine Schbedsln zum Kardln kumma. Da Linsmeier Dibferl, da Klamoddnsebb und da Lauberger Max. Do san nadierle a schlechde Witz vazeijd woan. De scheinsdn woan vom Dibferl. I woaß no oan vo eahm.

Da soi amoi oana zum Beichdn ganga sei. Und wias iwa sechde Gebot ganga: *Es wisds scho*, soi ea zum Beichvadda gsagd hom: *I hob bloß a bisserl hi do.* Da hod Hochwüadn gmoand, *hingetan is sovui wia hineingetan. Beddsd fünf Vaddaunsa und wiafsd a Mark in Obferschdog.*
Und wos duad da Dibferl? Nimmd a Mark, dauchds dreimoi in Schlidds vom Obferschdogg und sogd dazua, *hingetan ist sovui wia hineingetan.*
Des woa vielleichd oana. Dea hod tausnd Driggs kennd, wia ma zua am Geld kumma is. Dea woa so obdrahd und is oft zum Beichdn ganga, bloß damit ea an Beichzeddl kriagd hod. Und de san dann vaschewadd woan. Beichdzeddl hod ma fria dem Religionslehra in da Schui zoang miassn.

Oamoi hods nochm Kardnschbuin an doglang bei uns noch am schdingadn Kas gschdunga. Do bin i mit 25 Pfenning zum Dibferl ganga, damid ea uns sogd wo ea des Babbial vaschdeggd hot.

Wia i no da Wiggerl vom Arnulfsplatz woa...

Mia Buam san umanand gschdrawandsd vo Kumpfmühl bis zu de Winzerer Höhn und vom Hafn bis zum Jahnplotz. Und vom Spitz am Obern Wöhrd bis zum Spitz wo da Regn einakummd. A Schdodt is easchd schee, wann a Wassa duchfliassd.

Oamoi is da Babba an am Sonndog in da Fria mid mia af de Winzerer Höh ganga. Um neine san ma scho an da Seidnblandasch vobei, weida noch Wesdn ganga. Do woa a Wiesn wo ma freie Sicht iwa de ganze Schdodt hod. Domois woas meiserl schdad und koa Ton is vo undn afakumma. Ab und zua hod ma an Goggl krahn hean. Und ganz weit weg woa a Hund, dea belld hod. Mia ham oafach bloß gschaut, weils so schee woa. Koane Fliega hods gebn und koane schdingadn Auto. Umara zehne san ollaweil mehra Rauchwölkerln aus de Kamin keazngrod aufgschdiegn. De Hausfraun ham woahscheinle s´Knedlwassa afgsetzt. Und dann ham de Kiachagloggn ogfangd zum Leidn. Des woa so schee und feierlich, das e a ´Gänshaut kriagd hob. Hobs mei ganzs´s Lebn ned vagessn. Dongschee Babba.

Wia i no da Wiggerl vom Arnulfsplatz woa...

D´Leit woan fria ned zimbalich und ham grod o gred. Oana ohne Hoa woa a Bladdada. A Frau mid vui Hoiz voa da Hüddn, is oafach a Duddade gwen. Hod a Mo a Hosn oghabd, de eam zweid woa, hods glei ghoassn, dea hod a Maß Hosn, owa bloß an Schobbn Osch. A Aussagfressna, is a Keandlgfuaddada und a düars Wei is a Heigeing gwen. Übrigns woa scho schlimm, wia de 3 de 6 jährigen umanandgloffa san. So wos vo varoddsds ko ma se goa ned voaschdeijn. Dauand und iweroi hod ma ghead, *butz dei Roddsgloggn ob.* Manchmoi ham oa glänzade Zweada Eaml vom Handgleng bis zum Ellabogn ghobd, weis sa se d´Nosn obgwischd ham. De Eawachsna woa des oft wuaschd. Anderaseits homs schaugn miassn, wias wos z´Essn afn Disch brochd ham. Do is ned gfrogd woan, wos heddsn gean. Essn hod ma miassn wos afn Della gleng is. Vo weng „guade oide Zeid." Mia san vui zweng amoi in Arm gnumma woan. Des hod ma ned fia wichdig ghoidn.
I glaub da schdeh i ned a loa.

Wia i no da Wiggerl vom Arnulfsplatz woa...

Im Somma is s´Drambahngleis austauschd woan. In da Friah um hoiwa achde, ham de Bflasddara mid eisana Schdembbn scho d´Schdoana eiklobfd. Des Deng Dang Dong hea i heid no. Und wenn ma dann bloß no Deng Dang ghead hod, is oane beim Schneitzn duach seine Finga gwen.

Zu dera Zeit hob i s´Radl foahn gleand. Kindaradl hamma ned ghabd. Oiso san mid Damenradl gfoahn. Meine Fiaß woan zu kuaz und mei Osch woa leida zu weid undn und deswegn hob i af de Bedal schdehad foahn miassn. Manche hams mid am Herrn Radl kenna. Oa Fuaß am linkn Bedal und den andan unda da Schdanga duach am rechdn. Unsane Radln woan richdige oide Hämorriddschaukel. De Rengschbuaga sogn a oide Rawean dazu. Ois Beleichdung hamma Karbidlambn ghabd. Da is a weiß Buifa eigfuid woan und a Wassa dazu und dann is mid am Zindhölzl ozundn woan. Schdad Wassa, hod ma a eibiesln kenna. Und gschdunga hod des Zeig mei Liawa.

Wia i no da Wiggerl vom Arnulfsplatz woa...

Manchmoi is bei uns dahoam scho eng heaganga. Wenn mei Mama Kobfweh ghobd hod, bin i in de Elefantnabotheng ganga und hob oa Dableddn Germosan fia 20 Pfennig ghoid. Und wenn ma koa Gasmarggn mea kaffa hom kenna, san ma Omds mid ana brennadn Kerzn dogsessn und hom „Mensche" gschbuid. Oimoi is Polizei dogwesn, weil da Babba midm Linsmeier Dibferl a boa Äbfl fia uns von am fremdn Bam gschdohln ham soid.

Und in da Ludwigschdrass woa de Conditorei Fricke, wo i zuagschaut hob, wia a schwoazhoarigs Madl Doadnschdiggl owagschnien hod. Newa da Abotheng woa de Bäckerei Buchner. Do hods fia a 5erl a „Warschauer Brod" gebn. De ham de ganzn Bresln und de Resdln vo de oidn Kucha zsammbacha. Brezn woan guad und ned so wia heid. Wenn de Begga heitzudog an Beibaggzeddl zum Brod macha miassdn, iwa des wos ois drin is, dann dads koa Sau kaffa.

Die APOTHEKER der
Elefanten-Apotheke, Regensburg
von der Gründung bis heute
1620 Peutel Hans Georg
1642 Peutel Zacharias, jun.
1677 Peutel Georg Zacharias
1686 Schwenter Joh. Christoph
1732 Seippel Johann Nicolaus
1744 Gladbach Johann Conrad
1785 Dr. v. Hessling Elias Theodor
1803 Hessling Johann Conrad
1835 Dr. Fritz Emanuel
1862 Seitz Georg
1876 Bierl H.
1889 Zoelch Karl
1903 Höchstetter Bernhard
1.4.1937 Berberich Franz
Dr. Berberich Elisabeth
Dank sei allen die in dieser
Apotheke im Dienste der
Menschheit gewirkt haben

Wia i no da Wiggerl vom Arnulfsplatz woa...

Da beste Freind vom Babba - da Linsmeier Dibferl - is dreißge woan. Des muaß gfeiad wean, hod a gmoand. Und deswegn is de ganze Familie zum Essn eiglodn woan. Droffa hamma uns im sogenanndn Lambl und des woa a Wiadschafd am End vo da Herzogmauer. Da Dibferl hod sein Goldzahn frisch boliad und a Dauawelln drong. Domois hod ma se an Goldzahn macha lassn, wia heitzudog a Piasing. I hob exdra mein Madrosnanzug oziang miassn, wos ma goaned bassd hod. D ´Mama in da neia Blusn und da Babba mid da Gniggabogga. Wia nacha no a boa Freind dazua kumma san, hods an Schweinsbrodn und Gnedl gebn. Nacha san olle af de buglde Keglbahn im Gardn ganga. Und weils so a hoassa Dog woa, is ganz sche gsuffa woan. No dazua, wos nix kost hod. Omds zure, san scho a boa bsuffa midm offan Meij im Gros glegn und d´Fliagn san eahna im Gsichd umanandgrennd.

Owa dann, is wieda afganga. Da Dibferl hod, wia a jeds moi, de Kellnerin obflanzd und gmoand, ea dad sie gean am Damenradl af da Schdanga hoamfoahn. Afm Hoamweg hob i zum Babba gsogd, dass des do goaned geht und a Schmarrn is. Owa schee woas fei scho.

Wia i no da Wiggerl vom Arnulfsplatz woa...

Friah hom de Leit koa so a Gschiß mid eahnane Blumaschdegg gmacht. Dafia hod ma koa Geld ghabd und vo de Nachbarn hod ma se Fechsa ghoid. Die meisdn ham ja bloß Geranien, fabige Brennessl und Asbaragus ghabd. An Gummibam hod ma seldn gseng. Dafia is in manche Schlafzimma a Zimmalindn gschdandn. De is gwachsn wia a Bam, mid Äsd und Zweigerln und manchmoi hods bliahd wenns elda woan is. De Bladln woan Handdella grouß und ham iwa und iwa feine Harln hgobd. Wenn af den Bam d´Sonna gscheind hod, woas wia im Woid.

A schbinnada Broffessa hod gsogd, daß de Harl fia kloane Kinda ned guad san. Dea Debb is scho lang gschdoam, owa leider de Zimmalindn a. I hob no jahrelang so an Bam in meim Büro ghabd und jeda hodn bewundat. Bei jedem Umzug is ea midzogn. Hob jetz a no a Zimmalindn. Hob i a iweroi mid hizogn. De hoassd Berta und is bold hundatjoahr mei Frau.

Wia i no da Wiggerl vom Arnulfsplatz woa...

Um 1930 umananda is an da Südseidn vo da Minoridnkiacha a Viechmarkt gwen. Am Samstag san da Henna, Antn, Singerl und Daum vakafd woan. Manchmoi a Hund. I bin midm Babba bloß oamoi higanga, weil ma de Viecherl so leid doa ham.

Am Augustinerplatzl is a Schmied gwen, dea no Roß bschlagn hod und da hob i mi umananda driem. Und in da Obermünster Schdrass woa beim Obermünsterbräu am Samsdog Omds a Boarischa Musik. Af oana kloana Bühne woa a Oimhidderl gschdandn und do homs gjodld und Couplee gsunga. Und nadierlie woa da no s´Platzl am Neipfarrplatz. Da Geisinhofer Veri hod do seine Schdiggln gschbuit. Alloa „*Geh mach dei Finsdarl af*" iwa 100 moi. Woa scho aa a boamoi dabei.
Am Freidog bin i zum Fischmarkt gschdrawansd. Owa i hobs ned sehng kenna, wenns de Fisch midm Briegl doud gschlogn hom. Hob domois ned gwussd, daß i a Tierfreind bin.

Zwischn Fischmarkt und Wiedfang, woa aa a Schmied. Und wenns iweroi wia noch vabrennde Woideggn gschdunga hod, ham d´Leit gsagd da Schmid brennd des Fell vo de daschossna Wuidsäu ob. Die ham eahm d´Jaga hibrochd. Lang is hea.

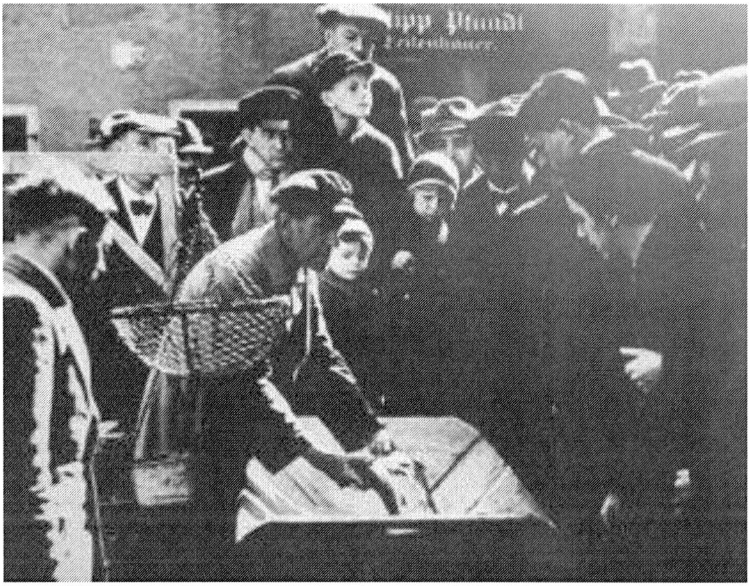

Wia i no da Wiggerl vom Arnulfsplatz woa...

Am Anfang hob i no zua de Kloana ghead am Arnulfsplatz. Owa schneij hamma gleand, wia ma a obrochas Zindhölzl in an Klinglknobf eizwiggd und so an Zeig. Wenns finsda woan is, dann san ma af da Feierloadda im Eck vom Theada affegschdieng und ham de Künsdlarinna zuagschaut, wia sa se in eana Koasedd einezwengd ham.
Wenn ma miassn ham, dann san ma oafach zum Kneitinger ganga. Da homs no so a oide Bieslwand ghabd, de woa mid Tea ogschdricha. Do hods bis in Gastschdum ume gschdunga. Wennsd a Bech ghobd hosd, dann is a so a Langhaxada newa dia gschdandn und hod sein Biaiwadrugg laffa lassn. Ko me erinnan, wia i no kloana gwen bin und newa so oam gschdandn bin. Dea woa a so bsuffa, daß ea se mid oana Händ an da Maua abgstützd hod. I hob zu eahm affegschaut und mid de Augn blinsld. Draf hoad a gmoand: „Bua hosd wos mid de Augn?" Na hob i grandig gsogd: „Du schbriddsd a so."
„Tschuldige Bua", woa sei Antwoad und hod sei Giasskandl af de anda Seidn ghoid. So a freindlicha Mo.

Wia i no da Wiggerl vom Arnulfsplatz woa...

A Bruada vo da Mama hod in da Weitholdschdrass gwohnd. Sei Gartn is direkt in Hof vo da Kreizschui ganga. Des woa fia mi da Onkl Sepp. Oamoi is ea bei uns Buama vobeikumma. Und an jedm hod ea a Zehnerl gschengd. Domois woa gegn-iwa vo da Schbiaglgass a kloans Bonbonladl.

Mia ham zwar no ned gwußd, warum manche an Hasnfuaß in d´Bodhosn gschdeggd hom. Owa de junge Vakäiferin hods uns o do. Zu dritt san ma gwen. Sie frogd zeschd den Biwi wos ea mechd. Fia a Zehnerl an Bärndregg. Sie hoid Loatterl und nimmd aus am Glasl den Bärndregg. Dann zum Beppi. Dea woid a um a Zehnerl an Bärndregg. Oiso wieda af de Loadda. Und wias obn schdehd frogds mi, ob i a um oan Zehnerl wui. Na hob i gsogd und sie is wieda owagschdiegn. *Und wos mechsd nacha du*, frogd sie me. Draf i: *I wui um a Finferl an Bäandregg*. De hod nacha scho gmeakt, warum sie so oft af de Loatta hod schdeign miassn. Owa sie hod hoid so a kuards Röckerl oghabt und so scheine Fiaß. Des kennts etza glaum oda ned.

Wia i no da Wiggerl vom Arnulfsplatz woa...

Domois hods in de dreissga Joah no koane Kichnmaschinen gebn. S´höchsde woa a Kaffeemui aus Hoiz, de hod ma se zwischn de Knia zwiggd. Und oft is bassiad, dass oahm auskumma is und de Moizkaffeekeandl san am Bodn umananda vaschdrahd gwen. Schbäda ham ma dann a Mui* kriagd, de woa am Kichnbiffee ogschraubd. Weil ma olle Dog in da Friah eihoazn hod miassn, san Schba gmachd woan. Dozua is am Diaschdog a langs Messa ogschraubd gwen. Des woa mid am Glenk. Und wenn ma dann a Scheidl Hoiz eizwiggd hod, dann san de Schbreissln zum Ozindn aussakumma. Des Feia macha woa scho a Sauawadd, bsondas im Winda.

Af oamoi is zwischndrin a grosse weisse Emaillbichsn an da Wand ghengd. Undn is a kloana Schlauch aussaghengd mit am Wassahahn. Des is ma scho komisch voa kumma. Da Babba hod gsogd, dass des d´Mama brauchd. Owa koana hod ma sogn kenna fia wos. Des is a „Irrigaddor“ hams gsogd. I hob des Deng ofd ogschaut und iwalegd wos des sei kannt. I hobs nia aussakriagd. Woahscheinle wos Unanschdändigs.

*Mühle

Wia i no da Wiggerl vom Arnulfsplatz woa...

Ois Sänga vom Kiachachoa bin i vui umananda kumma. Vo Winzer bis Donaustauf. Owa a Brozession woa scho wos bsondas. De Madln ham weisse Kleidln oghabd, Musi hod blosn und d´Fahna hom im Wind gfladdad. Do bin sogoa i fromm woan. De Manna de an Himml trogn ham, is da Schwidds owagrunna.

Am Eck Winklergass - Lederergass 1 is a freis Platzerl gwen und do woa a Altar gschdandn. Normalerweis wahd do vo da Doana hea ollaweil a kloans Lifderl. Owa durch de vuin Leit hod ma davo nix gmergt und de Sonna hod owabrennd.

De oidn Brozessiona ham gwußt, das ma voa da Brozession ned vui drenga soit. Owa uns hod des koana gsagd. Und i hobs boid kumma sehng. De Minischdrandn ham den ganzn Plotz eigreichad und da Bfarra is mid seim Dingsdo ewe ned feadig woan. Mia is scho s´Wassa hind owa in meine Schuh eigloffa und i hob bei mia dengd; *Wenn etz dea ned boid afhead, dann lass es oafach laffa.* Bei den Haufa Leit wa des goa ned afgfoin. Endle hod da Hochwürdn sein Segn iwa d´Leit gschdrahd und dann is weidaganga. Owa wenn ma nach oana Brozession a kloane Lagga am Bodn siehgd, dann san des koane Dräna. Ob de vo mia woar, sog i ned.

Wia i no da Wiggerl vom Arnulfsplatz woa...

I hob mi oft gwundad, warum beim Kneitenga ois krachad voi gwen is. Beim Emslanda san oft bloß a boa Hansln gsessn. Vielleichd is des an Frau Kneitinger glegn. Woa ja im Diandl a Buidl von an a Frau. Meine Leit und de Freind mid eahnana Frauen san liawa zum Stadlerbräu in de Roten Löwengass ganga. Do hods zwoa koane Dischdeggn und Bleamln gebn, owa es hod eahna bessa daugd.
Ko mi erinnan, wia ma olle amoi bei da Christbam Valosung gwen san. Nadierle midm Linsmeier Dibferl. Am Bam san a Haufa Sachan ghingd. A Dreierbaggung Zuban Zigreddn, a Guadl Keddn, zwoa Gnaggwiaschd, a Kambbl, a Zahnbiaschdl, a Schdiggl Soafa, a Wafflbruch, a Roin Beandregg, a Soizharing und so a Zeig. Da Hauptgewinn woa a Kranz Leona. Da Babba hod den Haring gwunna und d´Mama hod glei gsagd, das ea den ja ned hoambrenga deaf.

Dann is da Dibferl afdredn und hod ankündigd, das ea uns heit zoagn wui, wia ma an Schoaß d´Haut obziagn ko. Und ea war da oanzige, dea des ko. Do hod da Babba gmoand, des soid ea liawa bleim lassn, weil do a Kinda do san. Mi hedd des scho in indressiad. Da Dibferl hods ma schbäda scho vazeijd, owa i sogs ned.

Kneitinger
Bock

Wia i no da Wiggerl vom Arnulfsplatz woa...

Wenn i manchmoi so oide Foto oschau, dann denk a ma. Mei schaugn de Leit oamselig und eanst aus. Koa Wunda, ham ja nix zum Lacha ghabt. Wia bei meine Leit a.

Anfang de dreissga Joah, is mei Mama zum Putzn und Waschn fia fremde Leit ganga und da Babba hod a jede Dreggawad ognumma. Mia Kinda san daweil eigschbead woan. Es hod koan Radio und kaum a Schbuizeig gebn. Dann hob i hoid in Schbiagl eigschaut und draf gward, das da Deifl amoi aussa schaut.
D ´Mama hod ma vazeijd, dass des bassiad, wenn ma lang gnua voam Schbiagl sitzt. Z´letzt hob i dann Angsd kriagd und hob liawa in de Schubladn umananda gruschd. Do hob i ganz undn a zsammgrollds Zeitungsbaggerl gfundn. Und wia i des afgmachd hob, hed mi fasd da Schlog droffa. Da woa wos drin, des woa haarig und schwarz. I hob gmoand des is a douds Viech und hobs glei wieda eibaggd. Wia nacha d´Mama hoamkumma is, bin i ollaweil no vaschreggd dogsessn und woa vadächdig brav. „*Is wos?*“, hod mei Mama gfragd. Und dann hob i des vom Baggerl gsagd. Do hods glachd, hod des Baggerl ghoid und ihrane obgschninna Zebf ausgwiggld.

Owa oamol Omds is sie ewig ned hoamkumma. Es woa scho finsda und i hob do des Gaslicht ned ozindn kenna. Wias kumma is, hob i ihr Schimbfnama gebn. Do hods bloß schdad gwoand. Des hängd ma heid no noch.

Wia i no da Wiggerl vom Arnulfsplatz woa...

I hob mi ja iweroi umananda druggd. Do is zum Beischbui in da Neuhauser Schdraß des Autohaus Martin gwen. Da is wochalang a Radlfoahra aus Drohd im Kreis gfoahn. Des woa ma unbegreiflich. Und in da Ludwigschdraß woan oft a Ausschdellunga. Do hams so a greislichs Zeig zoagd, das oam schlechd woan is. Viecher in Eimachglasln und Missgebuadn.

Richdig bodn ham ma uns bloß kenna, wenn große Wäsch gwen is und da Waschkessl ghoazd woa. Manchmoi san meine Leit in Kreizgass ganga. Do hams a Bod fia olle ghabd. A Drebferlbad woa 25 Pfennig und a Wannabad a Fuchzgerl.
Wia ma omds beim Essn gwen san, is a Moadsgaude undn am Arnulfsplatz gwen. Do san da Babba und i owe gloffa. Von da Ludwigschdrass her san Lasdauto kumma mid a Haufa Manna. Braune Unifoamen homs oghabd und a Facklzug is a gwen. A Moadsgschroa woa. Do hod da Babba gmoand: „*Wiggerl i glaub, es kummd a andane Zeit*“. Am anden Dog in da Friah san vor unsana Einfahrt zwoa braune Manna mid Gwehra gschdandn. Und dann san beim Tietz und beim Likör Lehmann de Schaufensddascheim kabudd gschlogn woan.

Wia i no da Wiggerl vom Arnulfsplatz woa...

Fia mi woa da Arnulfplatz da Nabl vo da Welt. A Doaf, owa ascho a wengl schdäddisch. Im Somma hod den ganzn Dog d´Sonna gscheint. I bin vo Mai bis Oktoba boafuaß gloffa. Jedn Dog san ma zum Bodn af d´Schillawiesn ganga. A Bodhosn hob i ned ghabd, weil ma koa Geld ghabd ham. Und mid meina Leiberlhosn, hob i mi scho gschamd.
Noch ´m Hochwassa san newa da Doana so kloane Weia iwabliem. Woan bloß 30 Zandemeda diaf und soachwarm. Do hods Fisch gebn, de leichd zum Fanga woan. Da Linsmeier Dibferl hod des am besdn kenna. Noch da Schillerwiesn is a bissl wuid gwen und do ham ma Schuifhüddn baut und manchmoi sogoa iwanachd. Wenns finsda woan is, dann is gsunga woan, bis mia Kinda dann eigschlaffa san. Des woa oafach unvagesslich.

Owa langsam hod se wos eigschlicha. D´Leit san unruhig woan. Unsane Nachbarn san iwa Nachd vaschwundn. Des woan de jüdischn Familien Oberdorfer und Freisinger. Und de ´Neie Zeid´ is affa kumma. Rundum san d`Leit vakafd woan. Wea oan losbrenga woid, dea hod etza Gelegnheit dazua ghabd. Koana hod mehr dem andan traut. A kuaza Anruf und weg is ea gwen. Owa mia ham unsere Freind no bhoidn und nadierle den Linsmeier Dibferl.

Wia i no da Wiggerl vom Arnulfsplatz woa...

Da Linsmeier Dibferl woa da Held meiner Kindheit. Am liabsdn hod ea de Hausfrauen Zeidungsabonema odrahd. Mid de Weiba hod as kenna.
Oamoi ham man 6 Wocha lang ned gsehng. Da Babba hod gmoand, das a sitzt. Hob a ned gwussd wos des is. Owa wia ea wiedakumma is, do hoda a wengl kase ausgschaut. Dann san ma zum Hammerwirt an da Brunnleitn ganga und da Dibferl hod uns olle eiglon, zwengs dem Wiedersehn. Da Dibferl hod boid schbeim miassn, weil a nix mehr gwohnd woa. Do ham man oafach af Bank higlegd. Wia na a boa bedudld woan, woidns an Bledsinn macha und ham an Dibferl a Kanndl woams Wassa afn Undabauch gschidd. Sogoa a Laggerl is am Bodn gwesn. Noch a Schdund is da Dibferl wach woan, hod se ogschaut und hod ned glaubn kenna, das ea in d´Hosn biesld hod. Oh mei Dibferl, i woaß ned, obsd grod iagadwo dei Manna dringsd und de Zenzi vo da Schwednkugl grod am Schoß hosd. Nix fia unguad.

Wia i no da Wiggerl vom Arnulfsplatz woa...

S ´Lebn schreibd manchmoi Gschichdn, de ma goa ned selwa eafindn ko. Amoi is da Linsmeier Dibferl kumma und hod gsagd: „Ziagds eich o. In da Zeidung schdehd, dass in da Obermünsterschdrass wos bassiad is.“
Mia san olle midananda loszogn und i hob ma dengd, dass vielleichd brennds oda oana is umbrochd woan. Wia mia do hikumma san, woan scho a Haufa Leid do. Und dann hammas gsehng. De Hausmauer woa von a brauna Soß vasaud. Wos woa bassiad? Do ham Leit im oban Schdog gwohnd und oana vo dene had in da Nachd a Häuferl macha miassn. Weils koa Klo ghobd ham, hod ea a des Heiferl af a Zeidung gmachd. Dann hod as zsammgwigld, in a Netz doa und aussn voas Finsda ghingd. Owa dann is hoid in da Nachd a Gwidda kumma, hod de Zeidung afgwoagd und an da Hausmaua is de Briah owagrunna.

Domois ham de meistn no koan Kühlschrank ghobd und deswegn san de Lebnsmiddl am Fensdabredl afghom woan. Ma ko se denga, wias da in de Muichhafal ausgschaut hot. De Hausmauer woa vasaut, gschdunga hods, d´Muich woa hi und de Saubean san gflüchd und de Rengschbuaga ham glachd, wei se endlich amoi wos ereigned hod. Und des is koa dafundne Gschicht, sondan Woaheit.

Wia i no da Wiggerl vom Arnulfsplatz woa...

Wo mia ois Buam iweroi umananda gschloffa san, des is ned zum Glaum. Guad, es hod fast koane Auto gem und de Oidn ham scho a weng af de Junga afbassd. Hod so a Biaschal a Zigreddn im Meij ghobd, dan is glei oana kumma, hods eam gnumma und dann is no a Moadsdrum Foddsn nachkumma.

Mid 6 san ma scho zu da Kumpfmühler Brugg gloffa. Do hamma gwardt bis a Lokomotiv kumma is und uns eidambfd hod, bis ma uns gegnseitig nimma gsehng ham. Und wenn da Zirkus am Duitplotz aufbaut woa, san ma a higrennd und ham de Viecha ogschaut. Und dann woid ma a sehng, ob dea gschnitzde Mo no do is.
In de Heisa rechts nochm Tor zum Duitplatz, hod a hoidsane Figua zum Fensda owagschaut. Seit Jahren is a do obn gwen. A Briafdroga dea schlechd gseng hod, soi zu dem da obn amoi afegschrian hom, ob do da Herr Soundso wohnd. Nochdem ea koa Antwoad kriagd hod, is eahm voi Wuat nua no eigfoin: *Wannsd ned wuisd, dann leggsd mi hoid am Osch.* De Gschichd is duach de ganze Schdod ganga. Noch so am Dog bin i no zua a kloana Rogl Bonbon kumma. A gwambade Frau hod nebam Hupeter ihran Geldbeidl foin lassn. De Finferln und Zehnerln san in olle Richdunge grudld. Und wos sog i, a Zehnerl woid unbedengd zu mia. Do hob i oafach goa ned anders kenna. Glei hob i mein Fuaß drafgschdelld. Es hod ewig dauad bis de Dicke und no a boa Leit ois eigsammld hom. I bin eisan do

gschdandn und hob gwad bis olle wegwoan. Es hod se wieda zoagd, ma muaß bloß obwadn kenna. Und dann bin i zum Hupeter ganga, hob mas do vadeand.

Wia i no da Wiggerl vom Arnulfsplatz woa...

Des muaß i no schreim bevoa is vagiß. Weil de Wohnung am Arnulfsplatz z´kloa woan is, san ma in d´Lederergass 1 zogn. De Wohnung is Baderr gwen und fria woa no a Muichladl dabei. Endle ham a af d´Schdrass ausseschaung kenna. De Hausmauan woan 80 Zintimeda dick. Da Duchgang zum Hof woa mid Kobfschdoa bflasdad. Ganz hindn woa a Sargschreiner, dea hod selwa ausgschaut, wia dem Doud sei Handlungsreisanda. Dea ganze Hof hod fuachdboa gschdunga, weil da Schreina an Haferl mid Knochaleim am Ofa schdeh hod lassn. Aussadem woa ea a Saubea. Des Oberteil vo seim Schuaz hod an nassn Flegg ghobd, vo lauta Nasndrebfln foin lassn.

Eikaffd hamma bei da Frau Voß, de gegniwa an Kramalodn ghobd hod. Des woa a batende Frau, ma hod koa Zeidung brauchd, bei da Voß hod ma ollaweil s´Neieste ghead. Und ogschriem hods a. Amoi homs bei ihr eibrocha und de Einbrecha ham ihr zum Dank a Heiferl afm Lohnbudl hindalassn. Des is ihr no lang nochghingd. Im Oida hods no an bravn Mo gheirat fia de schware Awad. Wia nacha d´Leit gsogd ham: *„Wos sie heiradn no und gehd do iwahaubd no wos?"* *Draf hods gmoand: Wann a wiaggle oamoi im Joah ko, dann wead me des woi a ned umbrenga."*

Es woa no de guade oide Zeit.

Wia i no da Wiggerl vom Arnulfsplatz woa...

De Wohnung de mia schbäda in da Lederergass 1 ghobd hom, de hod a scho ihrane Muggn ghobd. Im Winda is so koid in da Nacht gwen, das in da Friah de Zuadegg schdeif gfroan woa vom Schnaufa. Und an da hindan Wand hod da Reif gliddsad. Domois is bloß in da Kich ghoazd woan und a Wohnzimma hods bei uns ned gem. An Fronleichnam is zwischn de Fensda a Altar gschdandn, und da Weihrauch hod uns aus´m Bedd driem. Und dann im Somma, hams voa unsam Finsda de „Barln" droffa.

An da Eggn Winklergass und Lederergass woa a Schdiggl freia Plotz, da wo ma bei da Nachd nix gsehng hod, weils ko Schdrassnladean gem hod.
Amoi bin i in da Nachd um oans wach woan. Draussn is irgendwos los gwen. Do ham oa kichad und gschäggad, dass ned zum Aushoidn woa. Voi Wuad bin i afgschdandn, hobs Fensda afgmachd und grandig gmoand, obs ned vielleichd wo andeasch higeh kanndn. Do sogd do oana: *Momendderl no Herr Nachba, glei hammas.* Und wos sog i. Dea Mo hod sei Woad ghoidn. Muaß a Fachmann gwesn sei, weil ea des a so berechnen hod kenna.

Wia i no da Wiggerl vom Arnulfsplatz woa...

Mei, hods fria Schbotzn gem. Wia d´Fliang. Domois hods no Roß gem, de fia a guade Brodzeit gsoagd ham. Wenn so a Roßboin no dambfd hod, hams graffd wia Schuibuma. So a Roßboin woa fia de Schbotzn sovui, wia fia unsaoan a Lewakassemml. Wenn a oida Schbotz de Junga vo da guadn oidn Zeit erzeijd, dann griangs gländsade Augn. Drum Leid, wenns im Biagadn hoggds, lassds do a boa Bresln liegn. Freids eich wenn de Lausbuam drum raffa. Und wann oana Angsd hod, eam kannd a Baddsl in sein Kruag eifoin, jo dann legds do a Biafuizl draf. Is do schee, wia de Oidn de Junga oleana.
Hoagle sans ned. Fessn dans ois. Und dass ned ausschdeam und vagessn wean, fia i mein eigna „Schbotzngedenkdog" ei. Das de Schbotz auschdeam soin, des hams ned vadeand. Wos do de Leid so vui Schbass gmachd ham.

Wia i no da Wiggerl vom Arnulfsplatz woa...

De Singerei in am Chor, ko ja wos scheins sei. Owa de Singschund is grod ollaweil gwen, wenn i selwa scho wos andasch macha woid. Und wea kaddholisch is, dea woas, wia lang a Hochamt dauad. Beim Englamt voa Weihnachdn, do is in da Friah um sieme in da Kiach saukold gwen, das oam des hohe C an da Zunga babba bliem is. Konn mi erinnan, das unsa Kindachor an Ostern in Winzer de Auferschdehung hod senga miassn. Um hoiwa sieme in da Fria san ma scho vo da Schillerwiesn mid da Iwafua af de anda Doanaseidn. Saukold is gwen. In da Kiacha nadierle a. De san domois ned ghoazd woan. Bloß dem Oagldreda is warm woan. Wia scho de holbe Mess ume gwen is, is direkt voa unsare Fiass a kloane Maus vobeigloffa. Do is aus gwen mid da Frömmigkeit. De Madln de dabei woan san umananda ghubfd und a Banig is ausbrocha. De ganze Singerei is duchananda ganga. Da Oaganisd hod Gas gem und hod de Oagl brausn lassn, damid de Leit undn des ned meagga solldn. Mia hod de Maus leid doa. De woa des ned gwehnd, daß im Winda in da Fria oana Oagl schbuid. Owa ois is no guad ganga. De Leit hods gfoin und da Herr Bfarra hod se bedangd. Wia ea uns nacha ins Wiadshaus zu am warma Kaffee eiglon hod, do is ois vagessn gwen. Mi wundads, dass i mi heit no an soichane Sachan erinnad.

Wia i no da Wiggerl vom Arnulfsplatz woa...

Mid ´m Kiachnchor bin i in vui Rengschbuaga Kiachn gwen. Am liabsdn woan mia de finsdan, ganz oidn, da wo de Schdaffel nieda dredn woan. Manchmoi hob i bei mia dengd: O mei, wiavui oame Leid wean do eanane Sündn einagschlebd ham. Obs bedn wos ghoiffa hod, woaß i ned. Sicha hams an Trosd gfundn. Wahrscheinle wean a an Haufa Bazze an Sog voi Geld einagschloafd hom, weils in da letztn Schdund no a Ploz im Himml kaffa woidn.

Ma woaß des jo vo fria. Wann do a Kini sei Frau umegramd hod, dann is a Kiach gschdiffd woan und ois is vagessn gwen. So a oide Kiacha is de Leonhardi Kiach oda de Oswald. De is sogoa im Kriag a Kadofflkeller gwen. De oidn Kiacha ham wos. Ma brauchd bloß dasitzn und schaugn. Mi beruhigd des a so, das i glei a Niggerl macha muaß. Ois Kinda hamma genau gwußt, in welcha Kiach a Glaskasdn mid so am kloana Kuddnbrundsa is. Fia a Finferl hod a Dia afgrissn, hod a Rundn drahd und hod dann grandig de Dia hinda eahm zughaut. Manchmoi hod a Klosdabruada wia ned gscheid, mid am Seil a Gloggn gleijt.
De Gräbabsucherei an Karfreitdog woa fia uns Kinda de reinsde Gruslschau. Im finsdasdn Eck woan Gloskugln afgschdeijd. Dahinda is a brinnade Keazn gschdandn und jede Gloskugl hod in a andan Farb gleicht. Undn drunda woa in ana finsdan Groddn a kasiga Leichnam. Woa fia Kinda manch-

moi ned schee zum Oschaung. Owa es ghead hoid zu meina Kindheit.

is ned ois lustig gwen bei uns dahoam. Ko ja goa ned andasch sei. Deaf bloß an de Kneitingerin denga. Sie woa a resche echde Wiatin wias im Buach schdehd. Oan Nachdeil hods ghobd. Sie is hundsnarrisch gwen. Und am liabdsn woan ihr de Bernhardina. Iweroi hodses mid hizong. Am liabsdn is mid dene in unsam Hof vom Capitol gwen. Do woa a koa Vakehr und vui Blotz. Oamoi hods so an weißbrauna ghobd, dea woa ganz narrisch af mi. De is ma so hindafoddsig ins Kreiz gschbrunga, daß i gschdreggdalengs afn Bauch gfoin bin und s´Kinn afgschlong hob. Des woa ihr nacha scho sauzwida. I hob ma dann 14 Dog lang in de Wiatschaft a Subbn mid da Muichkanna obhoin kenna.
Domois hod ma de Kinda, wenn de Eltern wos zum Erledign ghobd hom, oafach eigschbeat. An so am Dog bin i vo da Schui hoam kumma. S´ Fensda is af gwen und mei kloana Bruada woa nimma do. Do is da Kloa dadsächle zum Fensda vo unsana Mansardnwohnung aussegschdiegn, is in da Dachrinna entlang krocha und hod zum Arnulfsplatz owegschaut. Mia is fast s´Heaz schdeh bliem. Bin eam nochkragld und hob no ghead wia ea zua da Mama owegschrien hod: *Mama do bin i.*
Mei Mama is no nia so schnell in unsan drittn Schdog affagrinnd wia domois.

Wia i no da Wiggerl vom Arnulfsplatz woa...

Schee woas bei uns. S´Lebn is seine Gang ganga. A wengl affe und a wengl owa. S´Schlechdare hod ma schnell vagessn. Owa lustig woas a jedsmol, wenn da Linsmeier Dibferl kumma is. Ko mi no erinnan, do is a kumma und hod uns olle wieda amol zu seim Gebuadsdog eiglodn. Oiso mia dreffa uns olle am Samsdog Omd umara sieme in da „Antn." Des is a Wiatschaft drentahoib da Doana gwen. Den ganzn Dog woa scheins Wedda. Und jetz san ma am Omd drauss gsessn und ham afs Wassa aussegschaut. Da Dibferl hod se ned lumpn lassn und Schniddsl mid Kadoffelsolod schbendiad. Zinfdig woas und ollaweil lauta is woan.
Nach oana Zeid hods Bia druggd und da oa oda anda hod miassn. Beim Dibferl hods lang dauad und mia hom uns scho Sorgn gmachd, weil ea solang ned zruggkumma is. Noch a Weil, wia ea wieda do gwen is, hods schee langsam schdinga ogfangd. Oane hod den andan ogschaut, owa koan is a Wöaderl auskumma. D´Mamma hod se se nimma zrugghoidn kenna und und den Dibferl gfrogd, ob a ebba wo einedredn is. Dann is ea damid aussagruggd. Ea woa am Klo gsessn, und wia ea d´Hosn affezogn hod, da is eam sei Briafdaschn hindn aus da Hosn aussagrutschd und in d ´Schissl einegfoin. Und es wa a Moadsawad gwen, de Briafdaschn zum saubamacha. Da Disch hods bogn voa lacha und i hob mi vaschluggd, daß de Breggln vom Solod iwan ganzn Disch vadeild woan. De Kellnerin hod d´Nosn affezogn und da Wiat is selwa zum Zahln

kumma. Da Dibbferl hods a jeds mol mid da Kellnerin kenna. Owa desmol hod a vaschissn ghabd. So an Scheiß ko ma se meagga. Owa da Dibferl wenn dabei is, dann riahd se wos.

Wia i no da Wiggerl vom Arnulfsplatz woa...

Wos fria de Leit fia Ansichdn ghobd hom, des ko ma se heit goa nimma voaschdeln. Wenn a junge Frau Radl gfoahn is, und da Wind hod ihr den Rog iwas Gnia affe gwahd, hod ma fasd an Heazkaschbarl griagd. Wennsd goa gsehng hosd wia ihrane Schdrimbf an de Schdrabbs ogmachd gwen san, hosd scho iwalegd obsd jetz ned zum Beichdn geh soitsd. Des woa ois zweng deara Keuschheid und bertriffd des sechsde Gebot. Es hod bedderische Leit gebn, de ham Buam und Madln ned midananda zum Bodn gea lassn. I ko me erinnan an de Maiandachd am letztn Dog im Mai. Do is af amoi a junge Frau an uns vobeigschdeggld. Und i hob meine Augn ned traud, do hod de doch ihra Kleidl hindn es Höserl eizwiggd ghabd. Und dann hods no a Gniabeing gmachd und is in Bank eine.

Mei hamse do de oidn Weiwa afgreggd. De Manna hods gfoin, sovui i gsehng hob. Mia a. Und i hob bei mia dengd, wenn des de Unkeuschheid is, dann des goa ned so schlechd sei. Dass do no ganz andane Sachn gibd, hob i schbäda easchd erfahrn.

Wia i no da Wiggerl vom Arnulfsplatz woa...

Wia i d´Firmung ghobd hob, do is da Linsmeier Dibferl mei Firmpat gwen. Des wa fia eahm Ehrensach, hod ea gmoand, wo doch meine Leit seine Freind san. Guad hod as gmachd. Noch da Kiach san ma zum Bischofshof ganga und ham Bratwiaschdl mid Sauerkraut gessn und a finf Mark Schdiggl hods a gebn. Namidog san ma zum Malteser zum Kaffe drenga. Da Dibferl woid unbedingd a Buidl vo mia macha, owa des midm Blitzliachd woa so a Gschiss. Do hod ma af am Tellarl a weiß Buifa ozinndn miassn und rian hod ma se a ned deafa. Dann is ollaweil lusdiga und lauta woan. Da Dibferl hod scho wieda a weng zvui ghobd und sein moralischn griagd. Ea hedd so a schlechde Kindheid ghobd und iwahaubd is a bei seim Großvadda afgwachsn. Und da Großvadda woa sei Ein und Alles. I hob eahm dann vazeild, das i mein Großvadda ned kenna gleand hob. Dea is nehmle beim Schwazbea zubfa vo da Loadda gfoin und hods ned iwalebd. Des hod dem Dibferl so leid doa, daß eahm fasd de Dränen kumma san. Dann hot a ma no nachträgle s´Beileid ausgschbrocha. Da Babba hod dann den Dibferl baggd und af a Bank higlegd, damid ea sein Sure ausschlaffa ko. Und d´Mama hod gmoant, das ihr da Dibferl jetz scho a weng leid doa hot. Ehrlich gsagd mia a.

Wia i no da Wiggerl vom Arnulfsplatz woa...

In da Leonhardikiacha bin i a Zeidlang Minischdrant gwen. Do hod da Benefizid Kiefl jedn Dog a Mess ghoidn. Da Kiefl woa a bemeakensweada Mo. Soichane wie dea, san bloß „vom Woid“ afgwachsn. A knorriga Mo, mid ana ungeheian Heiglnosn und digge Bruinglasln. Hinda de Glasln woan seine Augn so grouss ois wia vonana Kuah. Ea is ja a umgänglicha Bfarra gwen. Owa grandig is a woan, wann ma eahm zvui Wassa in Wein eigschidd ham. Des hamma glei gmeaggd, weil a dann midm Pokal ans Weingriagl debfd hod. Ums minischdrian is a geheima Zwoakambf zwischn Schmid Clemens aus Sinzing und mia gwen.
Bei de Maiandachdn is ja vui Weihrauch vabrauchd woan. Und wann i „Diensd“ ghabd hob, is ma manchmoi voakumma, ois wia mei Weihrauchwoiggn ned so guad riachad, wia de vom Clemens. Dann hod mei Freind da Rupp Norbert gsehng, wia da Clemens wos aus seina Hosndaschn in Weihrauchkessl eine do hod. Etza is mia ois klar gwen. Do is mia grod rechd kumma, daß Zeit gwen is zum Zehanägl schnein. Hob a extra scheins kloans Breggerl gnumma und im Weihrauchkessl vabrenna lassn. Da Clemens hod vier Wocha lang nimma minischrian deaffa. Und de Minischdrandn ham ab sofort nur Keandl, fia Keandl im Weihrauchschaffl nochlegn deaffa.

Wia i no da Wiggerl vom Arnulfsplatz woa...

1933 bin i midm Babba letzte Moi beim Hobfazubfa gwen. Mei Mama is mid de zwoa Kloana dahoam bliem. Noch a Wocha is a Telegramm kumma, das ma sofoad hoamkumma soidn. Hois iwa Kobf hod da Babba ois eibaggd und san midm nextn Zug losgfoahn. Mia ham gmoand es wa vielleichd a Unglügg bassiad. Owa Goddseidank woan olle gsund. Mia hams ned glaum kenna. De beste Nachricht seit 6 Joah hod af uns gward. Da Babba hod a Awad griagd. Jetz wead ois andasch hod da Babba gsogd und hod d´Mama druggd.

Am Sonntag hods endlich zu de Gnedl a echds Fleisch gebn. I hob a echde Bodhosn griagd und hob nimma de Hosn midm Leiwerl drong miassn. An Ostern 1934 hod da Babba an riesign Osterhasn aus Schoklad hoambrochd, den ham mia Kinda af zwoa Dog mid Buzz und Schdengl vabutzd. Uns Kinda hod de „Neie Zeit" gfoin. Guad, fria hamma des Suiwababbia n´Herrn Bfarra fia de armin Heidnkinda gebn. Owa etz hamas bei da Hitlerjugend obgliefad. De ham a neis Gsetz aussabrochd, des hod uns narrisch guad gfoin. Wea zu da Hitlerjugend ganga is, dea hod am Samsdog ned in d´Schui geha miassn. Dafia hams an Ausflug macha deaffa. Des woa nadierlich a raffiniade Dakdik und koa Mensch hod voraussehng kenna, zu wos des fiahn und wias endn wead. I woaß.!!!

Wia i no da Wiggerl vom Arnulfsplatz woa...

I bin ja ned gean in d´Schui ganga. Owa in da viadn Klass hod se des vo oam Dog afn andan gändad. Do is da Herr Oberlehrer mid ana junga Frau einakumma und hod gsogd, daß des unsa neie Lehrerin is und Fräulein Wimmer hoaßd. Schee is eigintlich ned gwen, owa igandwia liab. So a kloane zialiche mid am Schobf. Und a Bruin mid an diggn schwarzn Rand hods drogn. I woa vom easchdn Augnbligg o hi und weg. Omds hob i dann beim Essn vazeijd, wos des fia a nedde Lehrerin is. Jedn Dog hob i vo ihr gred. Hob scho gsehng, wia d´Mama n ´Babba ogschaud und gschmunzldd hod. Und dann hob i solang benzd, bis i in da easchdn Reih sitzn hob deaffa. Woid do unbedengd näha dro sei. Sie hod gmerggd, daß bei uns dahoam a bissl eng zuagehd und drum hob i vo ihr ab und zu a Finferl griagd, damit i mia a Brezn kaffa ko. I hob zu dera Zeit goa ned fria gnua in d´Schui geh kenna. I glaub dass s´Fräulein Wimmer mei easchde große Liebe gwen is. Wenn Deutschschdunde dro woa woids ollaweil wissn, ob oana vo uns a Gedichd kinnt. Do is jedsmoi da Bua vom Mezger Geyer aus da Roten-Löwen-Gasse afgschdandn. Dea hod bloß oans kenna und jedsmoi hod as voadrong.

„Ine mine Dinddnfass, geh in d´Schui und lerne was „

I hobs nimma hean kenna. I woid a amoi a Gedichd afsong und hob n´Finga ghobn. Und meins is so ganga. „Oans zwoa drei, bigga bagga hei, bigga bagga Pfannaschtui, oide Weiwa fressn vui." Mei Fräulein Wimmer hod mi globd. Owa i hob des Gfui ghabd, dass des ned a wiaglichs Gedicht woa.

Wia i no da Wiggerl vom Arnulfsplatz woa...

Fria hod ma de Gebuadsdog ned a so gfeiad. Da Namensdog is wichdiga gwen. I hob zum Namensdog ollaweil a Tafl Cremschoklad griagd. De hod domois 18 Pfening kosd und a Banana. Oft ham ma dann am 25. August an Ausflug gmachd. Am liabsdn woa mia da Ausflug zum Waldheisl. Is woaß ja ned obs des heit no gibd. Mid da Trambahn san ma noch Prüfining gfoahn und dann iwa de Mariaorter Brugg. Oimoi, wia da Linsmeier Dibferl und da Klamottnsepp mid dabei gwen san, hods se aussagschdelld, daß da Dibferl Angsd voa da Brugg ghobd hod. Auf koin Fall dad ea iwa de Brugg geh. Ea woid mid da Iwafuhr in Sinzing foahn. Den Umweg woid ma af koan Fall macha. Do hod da Babba gmoand, ea dad etz sei Oahwaschl afs Gleis hoidn, wia a Indiana. Und wenn ma koan Zug hean dadn, dann kammd ma schnell iwa Brugg laffa. Des is vielleichd a Gschiss gwen. Ogem wia da Graf Koks und d´Hosn gschdricha voll hom. Im Laufschridd san ma iwa de Brugg grennd. I wos ned wos ma mid Dibferl gmach heddn, wann a Zug kumma wa. Woahscheinlich hed da Dibferl oafach in d´Hosn gschissn.

De Wiesn san domois iwasad gwesn mid Blumen, Schmeddaling und Heihubfa. De großn Heibfeadda, de so lang woan wia a Middlfenga, san umananda gschwirrd. De Grilln ham in da Middogshitz ziabd wia narrisch. Und nach Blumen hads grocha, des kon se heit koana mehr voschdelln. s´Waldheisl is eigintli bloß a Hoizbude gwen, d Wirtin woa a handige Hex mid gschdruwlde graue Hoa, de Brodzeidn und wos zum Dringa vakafd hod. Zwischn lange dünne Fichdnschdamm woan Schdembbn in Bodn eigschlogn und Breda driwa, woan Disch und Benk. I hed mid koam dauschn meng. Wia ma nacha den Bauch voi ghabd ham, san ma im Gros glegn, a bisserl gradschd, a Niggerl gmachd und a weng Fuaßboi gschbuid. Dad af manche groußkozige Gebuadsdogsfeier und Gschenga vazichdn, wann i des no amoil dalebn deaffad.

Wia i no da Wiggerl vom Arnulfsplatz woa...

An scheene Dog san ma midm Babba und seine awadslosn Freind afn Obern Wöhrd ganga. Da hams bladdld oda Hufeisen gwoaffa. Des is so ähnlich gschbuid woan wia Eisschdog schiassn. A jeda hod an Pfenning eigsetzt und wea am nähasdn an da Daum woa, hod den ganzn Einsatz kriagd. Oft is a Griawalschussern gschbuid woan. Do san ganze Namidog vaganga. Mia Buama ham daweil in de Schdauan am Schbitz a Indiana Schbui gmachd.
Domois is am Schbitz no iwa de oide Doana a Iwagang nach Winzer gwen.
Nadierle bloß im Summa, weil dann weng Wassa gwen is. A Bfundsgaudi hods gebn, wenn d´Manna an Neia dabeighobd ham. Dann is a einaglegd woan. Do hods so a hindafodtzigs Schbui mid oana gschlossna, voin Gracherlflaschn gebn. Jeda hod reihum oamoi de Flaschn in sei Hosndaschn schdegga miassn. Dann hod a jeda de Flaschn in da rechdn Daschn mid da linkn Händ afmacha miassn. Owa hindnrum iwan Rückn. Des is goa ned so oafach. Olle ham se scheinbar blogd. Bloß da nei Midschbuila hods kenna. Und dann woas bassiad. De Flaschn is nehmle mid da Boahmaschin oboahd gwen und hod a Loch ghabd. In dem Moment, wo de Flaschn afgmachd woan is, do is dem arma Mo, da Flaschninhalt iwa d´Wadln owegrunna. Des woa scheina, wia a Lusdfuim. Schod das ma domois koan Fotoabbarad dabei ghobd hom. Zwoa Schdundn

is dem sei nasse Hosn in da Schdauan ghengd bis drugga woa.
Des woa wieda a scheena Dog.

Wia i no da Wiggerl vom Arnulfsplatz woa...

Ganz wos bsondas woa des Sommafesd von da Turnerschaft af da Schillerwiesn. Kuaz voam Kanu Club und Bootshaus homs eahnan Spoatplatz ghabd. Voam Geräteschubbn woa a festa Boxring afbaud, af dem a dandzd woan is. Drumrum hams Disch und Schdui vom Biergardn afgschdelld ghabd. Namidog um drei is mid am Brogramm fia Kinda oganga mid Soghubfa, Schubkarrnfoahn und Knackwuaschd schbrenga. Da Babba is mid uns vorausganga und d´Mama is midm Linsmeier Dibferl undm Klamoddn Sepp nochkumma. Da Sepp hod sein Nama dohea griagd, weil a mid am oidn Graffl ghandld hod.

Richdig schee iss easchd woan, wias finsda woan is. Dann san iweroi Lampion ozundn woan und af de Disch san brennade Keazn gschdandn.

De Brodwiaschd hom Kilomeda weit grocha und ois woa eigreichad vom Rauch. Uma achte is richte afganga. Tagsiwa hods a Moadshitz ghabd und drum is gsuffa woan, wos eiganga is. Da Dandsbodn hod knarzd, so wuid is zuganga. D´Schnakn hom des owa a gschbannd, dass do wos zum hoin is und san ollaweil beisa woan. Da Sepp hod dann vazeijd, er hedd a neis Gschbusi und de dad gean in a Beaghiddn mid eahm foahn. Do hod se da Dibferl auskennd und glei losgrad, dass ea do wos wissad. S wa ganz leich zum findn. Und rechts iwam Diaschdog wa da Schlissl und links a Barisa. Owa, hod da Dibferl gmoand, dea Barisa miassad bei da Abreise fein seiberlich wieda an Ort und Schdell glegt wean. De ghed nehmlich dem Oipnverein. Boid danoch san de Omoassn vo undn und de Schdaunsn vo obn kumma und mia hams nimma ausghoiddn.

S easchde moi, das da Dibferl ned bsuffa gwen is. Und de Bedienung hedd a nix daugd. Ja, i woaß scho. Mia ham koa resche Kellnerin mid am riesign Ausschnid ghobd, sondern bloß de Buddsfrau vom Kanuklub. Mia hods gfoin. Hoffandle gehma nexts Joah wieda hi.

Wia i no da Wiggerl vom Arnulfsplatz woa...

I muaß 5 Joah old gwesn sei, wia i des easchde Mol ins Kino am Weissgerbergrabn ganga bin. Mei Tante Bettl hod im selbn Haus gwohnt und da Vorführa a. Des woa a kloana vawachsna Mo und dea hod me manchmoi umasunsd eilassn. Eigentlich hod des Kino allgemein Rewolfakino ghoassn, weils bsondas wuide Kaubois zoagd ham. Des san lauta Heldn gwen und ham de beesn Indiana haufadaweis daschossn. Mia san owa in de Kindavoaschdellung ganga. Do iss ned so wuid zuaganga. D ´Mickymaus hods scho gehm, owa mia hams ned vaschdand wos gredd hod. Den Pat und Patachon hob i scho kennt. Schbeda den Basta Keaton, dea woa ollaweil so a traurigs Gsicht gmachd hod, beim greesdn Bledsinn. Manchmoi hams Märchenfuim zoagd, do hob i so Angsd griagd, daß i goa nimma hischaugn hom kenna. I ko me no erinnan, daß ma Zinnsoidatn gsehng hom, de wo ois kuaz und kloa gschlong ham. A bsondas wuida is wia a Maschin duachn Woid ganga und hod wia a Buidog ois niedagwoizzd. Von dem hob i mi a so gfiachd, dass i in da Nachd vo eam dramd hob. A weisse Hosn und a rode Jaggn woa sei Unifoam und an schwoadsn Helm hod a drong. In da Nachd bin i in d´Höh gschossn. I hob dramd, a riesiga Zinnsoidat is duach Dia einakumma und iwa mei Zuadegg maschiad. Wia i nacha koa Lufd mea griagd hob, bin i wach woan und woa badschnoß gschwitzt voa lauta Angst. Mei is des lang hea. Owa i ko mi heid no dro erinnan. Den Nama Rewolfakino hod schbeda des Schdaddamhofer griagd.

MILCH
ITTER
Radio

Wia i no da Wiggerl vom Arnulfsplatz woa...

Am 25. August is mei Namensdog. Und desweng sam ma Omds in Biagartn ganga. Es is a hoassa Dog gwen und da Gartn woar druggad voi. Meine Leid ham an Radi und an Obaddsdn gessn und mia Kinda an Wuaschdsolod. Wia ma feadig gwen san, hod da Linsmeier Dibferl gmoand: *Wiggerl weilsd heit Namensdog hosd, mach ma etz a Gaudi.*

Dann hod ea an Babbadeggl aussazogn woa drafgschdandn is, bei „ Bei Feuerausbruch umdrehen“: Dann hod a den Schrieb af den Disch glegd, der wo newam Klo gschdandn is. Jetza wean ma glei wos zum Lacha griang woa sei Red. Da Dibferl hod Rechd ghabd. Zeaschd is a gwambadda Mo kumma, hod den Schrieb umdrahd und glesn und dann umananda gschaut, hod gsagd „*Bleede Hund*“ und den Babbadeggl wieda higlegt. A afdagglde Junge hod laut glachd wias as glesn hod. Ois nexds is a feine Dame kumma, hods glesn und is ohne wos zum Sogn mid am rodn Kobf ausseganga. Owa dann is aoida Grandla kumma, hod des Blakad glesn und ganz laut gschrien: *Rodds-buam miserablige.*

Owa am scheinsdn woa da Herr Bfarra. Wia ea des glesn hod, hod as higschmissn, wia wann ea se d´Finger vabrinnd hedd. Leida woas dann glei vobei. A oids Freilein hod se beim Wiat beschwead, daß es so etwas nur in Bayern gibd. A Breissin nadierle. Dem Wiat hods gfoin. *Des muaß i glei meine Schbezln vazeijn.*

Ko ma scho vorschdelln das etz olle wissn woin, wos af da Rückseiddn vo dem Blagad gschdandn is ? Na wos woi. „*Easchd bei Feuer, Du Oschloch*“

Wia i no da Wiggerl vom Arnulfsplatz woa...

Schee langsam is ausm Wiggerl a Wigg woan. Und ollaweil mehra hob i gmeaggd, do gibds a no wos andas. Da Linsmeier Dibferl, dea oide Weibara woa do ned ganz unschuidig. Amoi is a dahea kumma und hod vazeijd, im Fassl in da Schbiaglgass, wa a neie Wahnsinnswiatin. Und am nexdn Samsdog is Einstandsfeia. Nadierle san ma olle higanga. Bei soiche Feian hods ollaweil a Freibia gem. De neie Wiatin is koa Briegl von am Weib gwen, sondan a zierliche schwoadshaarige Person und a ausgschbrochane Schönheid. Sie hod Lydia ghoassn und hod im Kasernenviertl in dem Haus gwohnt, wo da Konsumlodn gwen is.

Druggad voi is gwen. Wia is grod am zünfdigsdn gwen is, hod d´Wiatin gmoand, wea de scheinsde und lustigsde Gschichd vazeijd, griagd a extra Mass. San ned vui gwen de se gmeld hom. Owa nadierlich da Dibferl. Ea hedd amoi am Kiada a Madl kenna gleand. Und am Omd sans im Gartn afm Bangerl gsessn und ham gschmusd. Da Dibferl is ollaweil mehara in Fahrt kumma und hod seine Händ iweroi ghobd. Noch ana Zeid hod a gmoand: *Zenzi, des is ja a Wahnsinn, wos du fia a harte Brust hosd.*

Do hod sie bloß kichad und gsagd: *Dibferl des is mei Grobf, du muassd weida oweglanga.*

D ´Leit hods zrissn voa lacha. Mi a, weil es vaschdandn ho. Gegan Dibferl is oafach koana afkumma. Und mia san dann no oft ins Fassl ganga. Woa a scheene Zeit.

Wia i no da Wiggerl vom Arnulfsplatz woa...

In da schlechdn Zeit, wenn d´Leit mid da Eisnbahn gfoahn san, hom de meisdn koa Geld fia a Koffa ghobd. De Großkobfadn ham eahnane Schweinskoffa heazoagd und de kloana Leit ham se mit Babbadegglkoffa obplogd. Gottseidank hods de Persilschachdln gem. Do woan de Persilbaggln eipaggd und de woan so schdark wia a Hoiz. De wenn 2 Schdundn im Reng gschdandn san, san s ned afgwoaggd. A Persilkarton hod an s´ganze Lebn begleit. Manchmoi sans scho ganz schwoads gwen. In de Schachdl san oft scho de Bäwy gleng. Manchmoi is newam Ofa gwen mid Briggeds. Ois Kadoffekisdn hams heaghoidn und zum Umziang woans a guad. Und wenn a Hund oda a Katz eiganga is, hod mas ois an Sarg heagnumma fia de Viecha. Beim Zugfoahn hod ma se drafgsetzt, wenn ois besetzt gwen is. Ned zum vagessn de Regruddn, de zu 90% mid da Persilschachdl eigruggd san. Oiso wia ma siehgd fasd a Möblschdigg. I mechd ned wissn, wiavui vo den Karton no af am Dachbodn schdeha und voi san mid am oidn Graffl. Schbeda san nacha de Bananaschachdln kumma. Owa so wos wia a Persilschachddl hods nimma gebn.

PERSIL

Wia i no da Wiggerl vom Arnulfsplatz woa...

A Hund is a scho gwen mei Freind da Linsmeier Dibferl. A liebenswerter Schlawina und Weibara und a grossa Bua. Mid dem woaß nia langweilig. Domois is oganga, dass in de oidn Wiadsheisa, de schdengadn Soachrinna vaschwundn san. Und dafia san dann de weissn Bieslschissln kumma. Woaß no wia ma e oana Wiatschaft gwesn san, de ham des Neie scho ghabd. Wia nacha da Dibferln miassn hod, is a ganz afgreggd zrugkumma. *Schdellds eich voa, hod a gmoand de ham etz ganz wos neimodisch und da hams an Zeddl an d´Wand babbd.* Leida wa da Zeddl z´weit obn und deshoib brauchada etz an Schdui damid a afeschdeing kannd. Da Babba is eahm nochgschlicha und hod gsehng wia da Dibferl den Zeddl glesn hod. Dann hod a laut gschimbfd, *so a Schmarre*, des woas i do scho lang. Do hod da Babba laut lacha miassn und dem Dibferl is afganga wos a grod gsagd hod. De andan woidn nadierle a wissn wos los gwen is. Etz sog es Eich, dass af dem Zeddl gschriem woa:
„Geh näha ran, du Debb, deina is kiaddsa wiasd du dengsd."
Mei woa des a Glachda. Da Klamoddn Sepp hod dann gmoand, da Dibferl miassad ja afbassn, das beim Biesln koane Hena in da Näh san. I hobs ja ned vaschdanddn, owa da Dibferl hod lang drunda lein miassn.

Ein herzliches DANKE

Arpad Racz
für die liebevolle künstlerische Gestaltung des Buches.

Christine Kandlbinder und **Uschy Schlichtinger**
für die Bearbeitung der Bildquellen und das Lektorat

Uschy Schlichtinger, Christine Kandlbinder u. **Helene Stangl** für die Sammlung der Texte

Fritz Rehbach für die Sammlung und Zusammenstellung der alten Fotos

Karin Holz
für das Lektorat und die Koordination mit dem Verlag

Klaus Theml, Vadim Marthaler, Familie Urmann
für die Überlassung ihrer Bildsammlungen

und dem Spielberg Verlag für die gute Zusammenarbeit